Savannah lacrow 8h

Trois Aventures
de Sherlock Holmes

ÉTONNANTS · CLASSIQUES

CONAN DOYLE

Trois Aventures de Sherlock Holmes

Traduction de BERNARD TOURVILLE

Présentation, chronologie, notes et dossier par
NATHALIE MEYNIEL,
professeur de lettres

Flammarion

Le genre policier
dans la collection «Étonnants Classiques»

ASIMOV, *Le Club des Veufs noirs*
Le crime n'est jamais parfait. Nouvelles policières 1
DOYLE, *Le Dernier Problème. La Maison vide*
   Trois Aventures de Sherlock Holmes
LEROUX, *Le Mystère de la chambre jaune*
   Le Parfum de la dame en noir
Noire série... Nouvelles policières 2
POE, *Double Assassinat dans la rue Morgue. La Lettre volée*
WESTLAKE (Donald), *Le Couperet*

© 1996 Sheldon Reynolds, Administrator of the Conan Doyle Copyrights.
© Robert Laffont, pour la traduction.
© Flammarion, Paris, 1996.
Édition revue, 2006.
ISBN : 978-2-0807-2286-7
ISSN : 1269-8822

SOMMAIRE

■ Présentation 5

Un crime odieux — 5
Une victime très particulière — 5
Le coupable — 6
Qui est Sherlock Holmes ? — 7
D'une intrigue à l'autre — 9
La renaissance de Sherlock Holmes — 10
La postérité de Sherlock Holmes — 10

■ Chronologie 13

Trois Aventures de Sherlock Holmes

Un scandale en Bohême — 23
La Ligue des Rouquins — 52
Le Ruban moucheté — 83

■ Dossier 115

Êtes-vous un détective attentif ? — 116
Portraits chinois — 120
Êtes-vous un détective efficace ? — 121

Perte d'identité	**122**
D'une date à l'autre	**122**
L'habit fait le moine	**123**
Élémentaire, mon cher Watson !	**123**
Sur les traces de Sherlock Holmes	**124**
De Dupin à Sherlock Holmes	**128**

PRÉSENTATION

Un crime odieux

Au mois d'octobre 1893, des millions d'Anglais vivent des heures difficiles et agitées ; en signe de deuil, certains hommes mettent un crêpe noir à leur chapeau, des centaines d'ouvriers se déclarent grévistes et des parlementaires interpellent le gouvernement à la Chambre en signe de protestation. Qui peut bien provoquer autant d'émotion dans le cœur des Anglais d'ordinaire si flegmatiques ? Arthur Conan Doyle !

Arthur Conan Doyle qui, même aux yeux de sa propre mère, s'est rendu coupable d'un crime impardonnable... Au fond des chutes de Reichenbach, en Suisse, gît le corps de l'homme auquel Conan Doyle devait fortune et succès : Sherlock Holmes, le célèbre détective résidant au 221 Baker Street, à Londres.

Une victime très particulière

Tel est le paradoxe de ces journées dramatiques d'octobre 1893 : ce n'est pas la disparition d'un être de chair et de sang, mais celle d'un être de papier, issu de l'imagination d'un écrivain, qui suscite autant de passion. Depuis six ans, les Anglais lisaient avec délices et ferveur les aventures de leur héros, publiées dans un célèbre magazine, *The Strand*. Or, dans la vingt-quatrième nouvelle, intitulée *Le Dernier Problème*, Conan Doyle a mis fin aux jours de son illustre personnage. Comment en est-il arrivé là ?

Le coupable

Arthur Conan Doyle naît en 1859 à Édimbourg (Écosse) ; ses lointains ancêtres (XIVe siècle) étaient originaires d'un village de Normandie, Ouilly-sur-Orne. Au cours des siècles, leur nom, Douilly, s'est anglicisé en Doyle. Le jeune Arthur connaît une enfance heureuse ; élève des jésuites, il a un goût très vif pour la lecture, en particulier pour les romans de Jules Verne et ceux de Walter Scott, qui ont pour cadre le Moyen Âge. Après ses études secondaires, il séjourne un an en Allemagne où il découvre l'écrivain américain Edgar Poe et son enquêteur, le chevalier Dupin. Puis il s'inscrit à la faculté de médecine d'Édimbourg, où il fait la connaissance du docteur Bell. Après des voyages comme médecin de bord sur des navires à destination de l'océan Arctique ou de l'Afrique occidentale, il se marie et ouvre un cabinet médical.

En attendant les clients qui sont rares, Conan Doyle a tout le loisir de se consacrer à la littérature ; il publie des nouvelles et un roman, sans grand succès. En 1886, le manuscrit d'*Une étude en rouge*, premier récit où apparaît Sherlock Holmes, est refusé par de nombreux éditeurs. Mais Conan Doyle continue à écrire, en particulier des romans historiques.

C'est en 1891, grâce à la publication dans *The Strand* d'*Un scandale en Bohême*, première nouvelle d'une série de six, réunies sous le titre d'*Aventures de Sherlock Holmes* que Conan Doyle

connaît un succès extraordinaire. Le mythe Sherlock Holmes est né! *The Strand*, soucieux de satisfaire un public enthousiaste, demande une nouvelle série à Conan Doyle; celui-ci refuse d'abord car déjà il éprouve du ressentiment vis-à-vis de son héros qui, écrit-il à sa mère, «l'empêche de travailler à des choses meilleures», de faire «une œuvre littéraire au vrai sens du terme». Mais les propositions financières du *Strand* sont si alléchantes que Conan Doyle continue à publier des nouvelles ayant Sherlock Holmes pour héros jusqu'en 1893. Cette fois, il ne peut plus supporter son personnage : «J'ai une telle overdose de lui, comme d'un pâté de foie gras dont j'aurais trop mangé, que l'évocation même de son nom me donne encore la nausée.» (Lettre à un ami.)

Qui est Sherlock Holmes?

Conan Doyle explique dans son autobiographie, *Souvenirs et Aventures*, comment est né Sherlock Holmes : «J'ai essayé de créer un détective scientifique qui résout les problèmes par ses propres moyens, et non grâce aux erreurs du coupable.» Pour cela, il s'inspire des méthodes de Joseph Bell, chirurgien de l'hôpital d'Édimbourg qui excellait «dans le diagnostic, non seulement de la maladie, mais de la profession et du caractère» de ses malades.

«Voici un exemple de ses interrogatoires. Le malade était en civil.
– Vous avez servi dans l'armée, mon garçon?
– Exact, monsieur.
– Libéré depuis peu?
– Oui, monsieur.

– Régiment des Highlands ?
– Oui, monsieur.
– Sous-officier ?
– Oui, monsieur.
– En garnison aux Barbades ?
– Oui, monsieur.

– Cet homme, messieurs, nous expliqua-t-il ensuite, n'entendait pas nous manquer de respect, cependant il avait gardé son chapeau sur la tête : dans l'armée on ne se découvre pas, c'est un usage civil auquel il se conformerait s'il avait quitté depuis longtemps le service. Avec son expression autoritaire, il était indiscutablement écossais. Ce qui m'a fait penser aux Barbades, c'est sa pachydermie, qui est une maladie des Antilles, et non pas d'Angleterre. »

On reconnaît là la double facette du talent de Sherlock Holmes, observation et déduction, ainsi que l'effet de surprise que provoque, ravi, le détective chez son interlocuteur médusé. À Joseph Bell, il emprunte également des caractéristiques physiques : nez aquilin, visage sec, maigreur, haute taille, allure dégingandée... Sherlock Holmes a aussi un ancêtre littéraire : le chevalier Dupin, « le magistral policier d'Edgar Poe[1] ». Comme Dupin, Sherlock Holmes passe de longues heures enfermé à réfléchir pour trouver la clé d'une énigme, réussit là où la police officielle a échoué, est accompagné d'un ami admiratif et dévoué qui raconte les succès du détective. Voici comment Conan Doyle explique la création du personnage de Watson : « Ne pouvant narrer lui-même ses exploits, il [Sherlock Holmes] devait avoir un camarade assez neutre pour lui servir de repoussoir, instruit, homme d'action capable tout à la fois de l'assister dans ses entreprises et de les raconter. À cet homme sans éclat, il fallait un nom gris et tranquille : Watson ferait l'affaire. »

---

1. Voir l'extrait de *La Lettre volée* dans le dossier, p. 128-130.

D'une intrigue à l'autre

D'un récit à l'autre, les lecteurs du *Strand* retrouvaient avec plaisir le couple inséparable pour de nouvelles aventures; l'intrigue était différente mais la structure restait identique : Sherlock Holmes et Watson sont dans l'appartement de Baker Street où ils reçoivent la visite d'une personne désireuse de louer les services du grand détective. Les présentations achevées, Sherlock Holmes montre rapidement ses talents à un visiteur ébahi qui croit être face à un sorcier, à un extra-lucide. M. Wilson n'a-t-il pas pratiqué le travail manuel, vécu en Chine?... Mlle Stoner n'a-t-elle pas voyagé de bon matin sur un cabriolet, assise à la gauche du cocher? Sans nul doute le visiteur a frappé à la bonne porte. Il expose alors son problème à Sherlock Holmes qui, ayant obtenu, grâce à son interrogatoire, des renseignements très précis, ne tarde pas à le rassurer : l'affaire sera très vite résolue, dans la journée, au pire un jour ou deux. Sherlock Holmes, seul ou accompagné de Watson, va sur le terrain, mène l'enquête. Rapidement, il tire ses conclusions et met un terme définitif à l'affaire, assisté du fidèle Watson, prêt à lui prêter main forte. Enfin, Sherlock Holmes consent à expliquer au pauvre docteur (et au lecteur) qui a suivi le déroulement de l'enquête sans y comprendre goutte, comment l'énigme a été résolue. Watson (et le lecteur) ne manque pas d'être admiratif face à tant de talents, car Sherlock Holmes est infaillible, que son adversaire soit un criminel rusé poursuivi par la police depuis plusieurs années (John Clay) ou un médecin diabolique prêt à tout pour parvenir à ses fins (le docteur Roylott). Une exception notable : Irène Adler, LA femme!

La renaissance de Sherlock Holmes

Sept années durant, Conan Doyle a tenu bon et a laissé Sherlock Holmes au fond du gouffre de Reichenbach. Mais, en 1901, il reprend la plume pour raconter l'histoire du *Chien des Baskerville*, où Sherlock Holmes enquête sur une affaire antérieure à sa disparition. Puis, en 1903, séduit par une extraordinaire offre financière du *Strand*, Conan Doyle ressuscite son personnage dans une nouvelle intitulée *La Maison vide*. Désormais, Conan Doyle ne se séparera plus de Sherlock Holmes.

La postérité de Sherlock Holmes

Du vivant de Conan Doyle, Sherlock Holmes était, nous l'avons vu, très populaire : le 221 Baker Street recevait un abondant courrier, des histoires drôles circulaient :

« L'une est celle de ce cocher de fiacre qui, à Paris, pendant qu'il me [Conan Doyle] mène à mon hôtel, s'écrie tout à coup, en me regardant fixement :

– Docteur Doyle, je vois que vous êtes allé récemment à Constantinople. J'ai aussi quelques raisons de croire que vous avez passé par Budapest, et je gagerais que vous avez dû, à un moment donné, vous trouver très près de Milan.

– Merveilleux ! lui dis-je. Cinq francs, si vous me donnez le secret de votre découverte.

– Eh bien ! J'ai lu les étiquettes de vos bagages, me répond l'astucieux cocher. »

Quand, dans *Son dernier coup d'archet*, Sherlock Holmes apparaît retraité dans une ferme et occupé à élever des abeilles, nombre de vieilles dames lui écrivent pour lui proposer leurs services, et des apiculteurs se disent prêts à travailler avec lui.

Aujourd'hui, il existe même à Londres un pub « The Sherlock Holmes », dans Northumberland Street, où sont exposés des objets ayant appartenu au célèbre détective ou à ses clients, et en 1993 a été créée une Société Sherlock Holmes de France !

Le héros de Conan Doyle a également connu une grande postérité littéraire, dont voici deux exemples : du vivant de l'auteur, Maurice Leblanc le confronte à son personnage Arsène Lupin dans *Sherlock Holmes arrive trop tard* ; par la suite, il l'utilisera dans d'autres récits sous le nom de Herlock Sholmes. Après la mort de Conan Doyle, son propre fils, Adrian Conan Doyle, publie avec l'aide de l'écrivain américain John Dickson Carr *Les Exploits de Sherlock Holmes* : il s'agit d'un recueil des aventures auxquelles Watson fait allusion (comme l'affaire Farintosh dans *Le Ruban moucheté*), mais que Conan Doyle n'écrivit jamais. C'est dans l'un de ces récits, *L'Aventure de la veuve rouge*, qu'apparaît la célèbre phrase : « Élémentaire, mon cher Watson ! »

CHRONOLOGIE

1859 1930
1859 1930

- **Repères historiques et culturels**
- **Vie et œuvre de l'auteur**

Repères historiques et culturels

1841-1842   Publication de *Double Assassinat dans la rue Morgue*, *La Lettre volée*, *Le Mystère de Marie Roget* : trois nouvelles d'Edgar Poe ayant pour héros le chevalier Dupin.

1865   Émile Gaboriau publie *L'Affaire Lerouge*, affaire résolue par le père Tabaret, un amateur, directement inspiré du chevalier Dupin. Y apparaît aussi l'inspecteur Lecoq, dont les méthodes seront imitées par Sherlock Holmes.

1867   Réforme électorale en Angleterre : le nombre des électeurs est doublé.
Attentats terroristes irlandais sur le sol anglais.

1871   Légalisation des Trade Unions, les syndicats anglais.

1870-1880   L'instruction primaire est rendue obligatoire.
Développement de la presse à bon marché.
Agitation des Irlandais qui demandent l'autonomie.

1884-1885   Nouvelle réforme électorale : l'Angleterre devient démocratique.

1886   Stevenson : *Dr Jekyll et Mr Hyde*.

1894   En France, début de l'affaire Dreyfus.
R. Kipling : *Le Livre de la jungle*.

Vie et œuvre de l'auteur

1859   Naissance d'Arthur Conan Doyle.

1870-1875   Doyle est l'élève des jésuites à la Public School de Stonyhurst.

1875-1876   Élève des jésuites en Allemagne, Doyle lit Edgar Poe.

1882   Doyle ouvre un cabinet médical à Southsea. Il écrit son premier roman, *Girdlestone et Cie*, publié en 1886.

188?   Doyle écrit *Micah Clarke*, un roman historique, paru en 1889.

1887   Parution d'*Une étude en rouge*, d'abord refusé par les éditeurs.

1890   Parution de la deuxième aventure de Sherlock Holmes, *Le Signe des quatre*, dans un magazine américain.

1891   *The Strand* publie *Un scandale en Bohême* en juillet et *La Ligue des Rouquins* en août.

Repères historiques et culturels

1901	Mort de la reine Victoria qui régnait depuis plus de soixante ans.
1905	Maurice Leblanc publie *L'Arrestation d'Arsène Lupin*, première aventure du gentleman cambrioleur.
1906	Fondation du Parti travailliste anglais.
1907	Début du feuilleton de Gaston Leroux, *Le Mystère de la chambre jaune*, qui a pour héros le jeune journaliste Rouletabille.
1910	Mort d'Édouard VII. Avènement de George V.
1910-1914	Énormes mouvements de grève des dockers, des cheminots et des mineurs.
1911	Début de la publication du roman-feuilleton *Fantômas*, dont le héros est un meurtrier raffiné, mégalomane et maniaque.

Vie et œuvre de l'auteur

1892	*The Strand* publie *Le Ruban moucheté* en janvier. Publication des six premières nouvelles sous le titre *Aventures de Sherlock Holmes*. Doyle abandonne la médecine pour se consacrer entièrement à la littérature. *Novembre* : parution des *Mémoires de Sherlock Holmes*.
1893	*Octobre* : parution du *Dernier Problème* où Conan Doyle élimine Sherlock Holmes. Doyle se consacre alors à d'autres romans et s'adonne au spiritisme, dont il est un fervent adepte depuis 1887.
1900	Doyle se présente aux élections comme député. Il est battu.
1901	Début de la parution dans *The Strand* du *Chien des Baskerville*.
1902	Doyle est fait chevalier à Buckingham Palace et devient Sir Arthur Conan Doyle.
1903	Sherlock Holmes retrouve la vie dans *La Maison vide* (publiée par *The Strand*), première nouvelle du recueil *Résurrection de Sherlock Holmes*.
1906	Mort de la première épouse de Doyle.
1907	Second mariage de Doyle.
1910	Naissance d'Adrian, futur auteur des *Exploits de Sherlock Holmes*.

Repères historiques et culturels

1914 Vote du Home Rule : l'Irlande reçoit une plus grande autonomie, tout en restant liée à l'Angleterre.
Août : entrée en guerre de l'Angleterre, aux côtés de la France, contre l'Allemagne.

1918 Fin de la Première Guerre mondiale.
En Angleterre, les femmes obtiennent le droit de vote.

1920 Première apparition d'Hercule Poirot, le détective belge, dans *La Mystérieuse Affaire de Styles* d'Agatha Christie.

1924 Le docteur E. Locard, directeur du laboratoire de criminalistique de Lyon, publie *Policiers de roman et de laboratoire* : il y accorde ses éloges aux méthodes d'investigation de Dupin, et à celles de Gaboriau et de Sherlock Holmes dans leurs enquêtes.

1930 Agatha Christie publie *L'Affaire Prothero* : le détective est une vieille dame, Miss Marple.

1931 Georges Simenon publie *M. Gallet décédé*, qui a pour héros le commissaire Maigret.

Vie et œuvre de l'auteur

1912   Publication du *Monde perdu*, qui a pour héros le professeur Challenger.

1916   Doyle affirme dans un article sa croyance en la communication avec les morts.

1917   *Son dernier coup d'archet* : Sherlock Holmes est mis à la retraite.

1917-1924   Doyle se consacre à des publications et à des conférences internationales en faveur du spiritisme.

1924   Publication de son autobiographie, *Souvenirs et Aventures*.

1925   Doyle fonde une librairie spirite à Londres. Il rencontre le docteur Locard, auteur de *Policiers de roman et de laboratoire*.

1927   Publication des *Archives sur Sherlock Holmes*.

1930   Mort de sir Arthur Conan Doyle.

Trois Aventures
de Sherlock Holmes

■ Publicité pour la première livraison de la traduction en français des *Aventures de Sherlock Holmes*.

Un scandale en Bohême[1]

I

Pour Sherlock Holmes, elle est LA femme. Il la juge tellement supérieure à tout son sexe, qu'il ne l'appelle presque jamais par son nom : elle est et elle restera LA femme. Aurait-il donc éprouvé à l'égard d'Irène Adler un sentiment voisin de l'amour ? Absolument pas ! Son esprit lucide, froid, admirablement équilibré répugnait à toute émotion en général et à celle de l'amour en particulier. Je tiens Sherlock Holmes pour la machine à observer et à raisonner la plus parfaite qui ait existé sur la planète ; amoureux, il n'aurait plus été le même. Lorsqu'il parlait des choses du cœur, c'était toujours pour les assaisonner d'une pointe de raillerie ou d'un petit rire ironique. Certes, en tant qu'observateur, il les appréciait : n'est-ce pas par le cœur que s'éclairent les mobiles et les actes des créatures humaines ? Mais en tant que logicien professionnel, il les répudiait : dans un tempérament aussi délicat, aussi subtil que le sien, l'irruption d'une passion aurait introduit un élément de désordre dont aurait pu pâtir la rectitude de ses déductions. Il s'épargnait donc les émotions fortes, et il mettait autant de soin à s'en tenir à l'écart qu'à éviter, par exemple, de fêler l'une de ses loupes ou de semer des grains de poussière dans un instrument de

---

1. ***Bohême*** : la Bohême est aujourd'hui une région de la République tchèque mais, jusqu'en 1918, elle faisait partie de l'Empire austro-hongrois. Il est donc normal que le roi de Bohême parle allemand.

précision. Telle était sa nature. Et pourtant une femme l'impressionna : LA femme, Irène Adler, qui laissa néanmoins un souvenir douteux et discuté.

Ces derniers temps, je n'avais pas beaucoup vu Holmes. Mon mariage avait séparé le cours de nos vies. Toute mon attention se trouvait absorbée par mon bonheur personnel, si complet, ainsi que par les mille petits soucis qui fondent sur l'homme qui se crée un vrai foyer. De son côté, Holmes s'était isolé dans notre meublé de Baker Street ; son goût pour la bohème s'accommodait mal de toute forme de société ; enseveli sous de vieux livres, il alternait la cocaïne et l'ambition : il ne sortait de la torpeur de la drogue que pour se livrer à la fougueuse énergie de son tempérament. Il était toujours très attiré par la criminologie ; aussi occupait-il ses dons exceptionnels à dépister quelque malfaiteur et à élucider des énigmes que la police officielle désespérait de débrouiller.

Divers échos de son activité m'étaient parvenus par intervalles : notamment son voyage à Odessa où il avait été appelé pour le meurtre des Trepoff, la solution qu'il apporta au drame ténébreux qui se déroula entre les frères Atkinson de Trincomalee, enfin la mission qu'il réussit fort discrètement pour la famille royale de Hollande. En dehors de ces manifestations de vitalité, dont j'avais simplement connaissance par la presse quotidienne, j'ignorais presque tout de mon ancien camarade et ami.

Un soir – c'était le 20 mars 1888 –, j'avais visité un malade et je rentrais chez moi (car je m'étais remis à la médecine civile) lorsque mon chemin me fit passer par Baker Street. Devant cette porte dont je n'avais pas perdu le souvenir et qui sera toujours associée dans mon esprit au prélude de mon mariage comme aux sombres circonstances de *L'Étude en rouge*, je fus empoigné par le désir de revoir Holmes et de savoir à quoi il employait ses facultés extraordinaires. Ses fenêtres étaient éclairées ; levant les yeux, je distinguai même sa haute silhouette mince qui par deux fois se profila derrière le rideau. Il arpentait la pièce d'un pas rapide, impatient ; sa tête était inclinée sur sa poitrine, ses mains croisées derrière son dos. Je connaissais suffisamment son humeur et ses habitudes pour deviner qu'il avait repris son travail. Délivré des rêves de la drogue, il avait dû se lancer avec ardeur sur une nouvelle affaire. Je sonnai, et je fus conduit à l'appartement que j'avais jadis partagé avec lui.

Il ne me prodigua pas d'effusions. Les effusions n'étaient pas son fort. Mais il fut content, je crois, de me voir. À peine me dit-il un mot. Toutefois son regard bienveillant m'indiqua un fauteuil ; il me tendit un étui à cigares ; son doigt me désigna une cave à liqueurs et une bouteille d'eau gazeuse dans un coin. Puis il se tint debout devant le feu et me contempla de haut en bas, de cette manière pénétrante qui n'appartenait qu'à lui.

« Le mariage vous réussit ! observa-t-il. Ma parole, Watson, vous avez pris sept livres et demie depuis que je vous ai vu.

– Sept, répondis-je.

– Vraiment ? J'aurais cru un peu plus. Juste un tout petit peu plus, j'imagine, Watson. Et vous avez recommencé à faire de la clientèle, à ce que je vois. Vous ne m'aviez pas dit que vous aviez l'intention de reprendre le collier[1].

– Alors, comment le savez-vous ?

– Je le vois ; je le déduis. Comment sais-je que récemment vous vous êtes fait tremper, et que vous êtes nanti d'une bonne maladroite et peu soigneuse ?

– Mon cher Holmes, dis-je, ceci est trop fort ! Si vous aviez vécu quelques siècles plus tôt, vous auriez certainement été brûlé vif... Eh bien oui, il est exact que jeudi j'ai marché dans la campagne et que je suis rentré chez moi en piteux état ; mais comme j'ai changé de vêtement, je me demande comment vous avez pu le voir, et le déduire. Quant à Mary-Jane, elle est incorrigible ! Ma femme lui a donné ses huit jours ; mais là encore, je ne conçois pas comment vous l'avez deviné. »

---

1. *Reprendre le collier* : se remettre au travail après une période de repos.

Il rit sous cape, et frotta l'une contre l'autre ses longues mains nerveuses.

« C'est d'une simplicité enfantine, dit-il. Mes yeux me disent que sur le côté intérieur de votre soulier gauche, juste à l'endroit qu'éclaire la lumière du feu, le cuir est marqué de six égratignures presque parallèles ; de toute évidence celles-ci ont été faites par quelqu'un qui a sans précaution gratté autour des bords de la semelle pour en détacher une croûte de boue. D'où, voyez-vous, ma double déduction que vous êtes sorti par mauvais temps et que, pour nettoyer vos chaussures, vous ne disposez que d'un spécimen très médiocre de la domesticité londonienne. En ce qui concerne la reprise de votre activité professionnelle, si un gentleman qui entre ici introduit avec lui des relents d'iodoforme, arbore sur son index droit la trace noire du nitrate d'argent, et porte un chapeau haut-de-forme pourvu d'une bosse indiquant l'endroit où il dissimule son stéthoscope, je serais en vérité bien stupide pour ne pas l'identifier comme un membre actif du corps médical. »

Je ne pus m'empêcher de rire devant l'aisance avec laquelle il m'expliquait la marche de ses déductions.

« Quand je vous entends me donner vos raisons, lui dis-je, les choses m'apparaissent toujours si ridiculement simples qu'il me semble que je pourrais en faire autant ; et cependant chaque fois que vous me fournissez un nouvel exemple de votre manière de raisonner, je reste pantois jusqu'à ce que vous m'exposiez votre méthode. Mes yeux ne sont-ils pas aussi bons que les vôtres ?

– Mais si ! répondit-il en allumant une cigarette et en se jetant dans un fauteuil. Seulement vous voyez, et vous n'observez pas. La distinction est claire. Tenez, vous avez fréquemment vu les marches qui conduisent à cet appartement, n'est-ce pas ?

– Fréquemment.

– Combien de fois ?

– Je ne sais pas : des centaines de fois.

– Bon. Combien y en a-t-il ?

– Combien de marches ? Je ne sais pas.

– Exactement ! Vous n'avez pas observé. Et cependant vous avez vu. Toute la question est là. Moi, je sais qu'il y a dix-sept marches, parce que à la fois j'ai vu et observé. À propos, puisque vous vous intéressez à ces petits problèmes et que vous avez été assez bon pour relater l'une ou l'autre de mes modestes expériences, peut-être vous intéresserez-vous à ceci… »

Il me tendit une feuille de papier à lettres épaisse et rose, qui se trouvait ouverte sur la table.

« Je l'ai reçue au dernier courrier, reprit-il. Lisez à haute voix. »

La lettre n'était pas datée, et elle ne portait ni signature ni adresse de l'expéditeur : « *On vous rendra visite ce soir à huit heures moins le quart. Il s'agit d'un gentleman qui désire vous consulter sur une affaire de la plus haute importance. Les récents services que vous avez rendus à l'une des cours d'Europe ont témoigné que vous êtes un homme à qui l'on peut se fier en sécurité pour des choses capitales. Les renseignements sur vous nous sont de différentes sources venus. Soyez chez vous à cette heure-là, et ne vous formalisez pas si votre visiteur est masqué.* »

« Voilà qui est mystérieux au possible ! dis-je. À votre avis qu'est-ce que ça signifie ?

– Je n'ai encore aucune donnée. Et bâtir une théorie avant d'avoir des données est une erreur monumentale : insensiblement on se met à torturer les faits pour qu'ils collent avec la théorie, alors que ce sont les théories qui doivent coller avec les faits. Mais de la lettre elle-même que déduisez-vous ? »

J'examinai attentivement l'écriture, et le papier.

« Son auteur est sans doute assez fortuné, remarquai-je en m'efforçant d'imiter la méthode de mon camarade. Un tel papier coûte au moins une demi-couronne[1] le paquet : il est particulièrement solide, fort.

---

1. *Couronne* : pièce de monnaie anglaise sur laquelle était représentée une couronne, insigne de la royauté. Les premières couronnes étaient en or. À la fin du XVIIe siècle, des couronnes d'argent furent émises.

– Particulièrement : vous avez dit le mot. Ce n'est pas un papier fabriqué en Angleterre. Regardez-le en transparence. »

J'obéis, et je vis un grand *E* avec un petit *g*, un *P*, et un grand *G*, et un petit *t*, en filigrane dans le papier.

« Qu'est-ce que vous en pensez ? demanda Holmes.

– Le nom du fabricant, probablement ; ou plutôt son monogramme[1].

– Pas du tout. Le *G* avec le petit *t* signifie "Gesellschaft", qui est la traduction allemande de "Compagnie". C'est l'abréviation courante, qui correspond à notre "Cie". *P*, bien sûr, veut dire "papier". Maintenant voici *Eg*... Ouvrons notre "Informateur Continental"... »

Il s'empara d'un lourd volume marron.

« Eglow, Eglonitz... Nous y sommes : Egria. Situé dans une région de langue allemande, en Bohême, pas loin de Carlsbad. "*Célèbre parce que Wallenstein y trouva la mort, et pour ses nombreuses verreries et papeteries.*" Ah ! ah ! mon cher, qu'en dites-vous ? »

Ses yeux étincelaient ; il souffla un gros nuage de fumée bleue et triomphale.

« Le papier a donc été fabriqué en Bohême, dis-je.

– En effet. Et l'auteur de la lettre est un Allemand. Avez-vous remarqué la construction particulière de la phrase : "*Les renseignements sur vous nous sont de différentes sources venus*" ? Ni un Français ni un Russe ne l'aurait écrite ainsi. Il n'y a qu'un Allemand pour être aussi discourtois avec ses verbes. Il reste toutefois à découvrir ce que me veut cet Allemand qui m'écrit sur papier de Bohême et préfère porter un masque plutôt que me laisser voir son visage. D'ailleurs le voici qui arrive, sauf erreur, pour lever tous nos doutes. »

Tandis qu'il parlait, j'entendis des sabots de chevaux, puis un grincement de roues contre la bordure du trottoir, enfin un vif coup de sonnette. Holmes sifflota.

---

1. *Monogramme* : entrelacement de plusieurs lettres d'un nom propre.

« D'après le bruit, deux chevaux !... Oui, confirma-t-il après avoir jeté un coup d'œil par la fenêtre : un joli petit landau, conduit par une paire de merveilles qui valent cent cinquante guinées la pièce. Dans cette affaire, Watson, il y a de l'argent à gagner, à défaut d'autre chose !

– Je crois que je ferais mieux de m'en aller, Holmes.

– Pas le moins du monde, docteur. Restez à votre place. Sans mon historiographe[1], je suis un homme perdu. Et puis, l'affaire promet ! Ce serait dommage de la manquer.

– Mais votre client...

– Ne vous tracassez pas. Je puis avoir besoin de vous, et lui aussi. Le voici. Asseyez-vous dans ce fauteuil, docteur, et soyez attentif. »

Un homme entra. Il ne devait pas mesurer loin de deux mètres, et il était pourvu d'un torse et de membres herculéens. Il était richement vêtu : d'une opulence qui, en Angleterre, passait presque pour du mauvais goût. De lourdes bandes d'astrakan[2] barraient les manches et les revers de son veston croisé ; le manteau bleu foncé qu'il avait jeté sur ses épaules était doublé d'une soie couleur de feu et retenu au cou par une aigue-marine[3] flamboyante. Des demi-bottes qui montaient jusqu'au mollet et dont le haut était garni d'une épaisse fourrure brune complétaient l'impression d'un faste barbare. Il tenait un chapeau à larges bords, et la partie supérieure de son visage était recouverte d'un masque noir qui descendait jusqu'aux pommettes ; il avait dû l'ajuster devant la porte, car sa main était encore levée lorsqu'il entra. Le bas du visage révélait un homme énergique, volontaire : la lèvre

---

1. *Historiographe* : au sens propre, écrivain chargé par le souverain d'écrire l'histoire de son temps. Watson est l'historiographe de Sherlock Holmes dans la mesure où c'est lui qui rend publiques les aventures de son ami.

2. *Astrakan* : fourrure de jeune agneau d'Asie, à poils bouclés.

3. *Aigue-marine* : pierre fine transparente dont la couleur bleu clair nuancé de vert évoque la mer.

épaisse et tombante ainsi qu'un long menton droit suggéraient un caractère résolu pouvant aller à l'extrême de l'obstination.

« Vous avez eu ma lettre ? demanda-t-il d'une voix dure, profonde, fortement timbrée d'un accent allemand. Je vous disais que je viendrais… »

Il nous regardait l'un après l'autre ; évidemment il ne savait pas au quel s'adresser.

« Asseyez-vous, je vous prie, dit Holmes. Voici mon ami et confrère, le docteur Watson, qui est parfois assez complaisant pour m'aider. À qui ai-je l'honneur de parler ?

– Considérez que vous parlez au comte von Kramm, gentilhomme de Bohême. Dois-je comprendre que ce gentleman qui est votre ami est homme d'honneur et de discrétion, et que je puis lui confier des choses de la plus haute importance ? Sinon, je préférerais m'entretenir avec vous seul. »

Je me levai pour partir, mais Holmes me saisit par le poignet et me repoussa dans le fauteuil.

« Ce sera tous les deux, ou personne ! déclara-t-il. Devant ce gentleman, vous pouvez dire tout ce que vous me diriez à moi seul. »

Le comte haussa ses larges épaules.

« Alors je commence, dit-il, par vous demander le secret le plus absolu pendant deux années ; passé ce délai, l'affaire n'aura plus d'importance. Pour l'instant, je n'exagère pas en affirmant qu'elle risque d'influer sur le cours de l'histoire européenne.

– Vous avez ma parole, dit Holmes.

– Et la mienne.

– Pardonnez-moi ce masque, poursuivit notre étrange visiteur. L'auguste personne qui m'emploie désire que son collaborateur vous demeure inconnu, et je vous avouerai tout de suite que le titre sous lequel je me suis présenté n'est pas exactement le mien.

– Je m'en doutais ! fit sèchement Holmes.

– Les circonstances sont extrêmement délicates. Il ne faut reculer devant aucune précaution pour étouffer tout germe de ce qui pourrait devenir un immense scandale et compromettre gravement l'une des familles régnantes de l'Europe. Pour parler clair, l'affaire concerne la grande maison d'Ormstein, d'où sont issus les rois héréditaires de Bohême.

– Je le savais aussi », murmura Holmes en s'installant dans un fauteuil et en fermant les yeux.

Notre visiteur contempla avec un visible étonnement la silhouette dégingandée, nonchalante de l'homme qui lui avait été sans nul doute dépeint comme le logicien le plus incisif et le policier le plus dynamique de l'Europe. Holmes rouvrit les yeux avec lenteur pour dévisager non sans impatience son client :

« Si Votre Majesté daignait condescendre à exposer le cas où elle se trouve, observa-t-il, je serais plus à même de la conseiller. »

L'homme bondit hors de son fauteuil pour marcher de long en large, sous l'effet d'une agitation qu'il était incapable de contrôler. Puis, avec un geste désespéré, il arracha le masque qu'il portait et le jeta à terre.

« Vous avez raison, s'écria-t-il. Je suis le roi. Pourquoi m'efforcerais-je de vous le cacher ?

– Pourquoi, en effet ? dit Holmes presque à voix basse. Votre Majesté n'avait pas encore prononcé une parole que je savais que j'avais en face de moi Wilhelm Gottsreich Sigismond von Ormstein, grand-duc de Cassel-Falstein, et roi héréditaire de Bohême.

– Mais vous pouvez comprendre, reprit notre visiteur étranger qui s'était rassis tout en passant sa main sur son front haut et blanc, vous pouvez comprendre que je ne suis pas habitué à régler ce genre d'affaires par moi-même. Et pourtant il s'agit d'une chose si délicate que je ne pouvais la confier à un collaborateur quelconque sans tomber sous sa coupe. Je suis venu incognito de Prague dans le but de vous consulter.

– Alors, je vous en prie, consultez ! dit Holmes en refermant les yeux.

– En bref voici les faits : il y a environ cinq années, au cours d'une longue visite à Varsovie, j'ai fait la connaissance d'une aventurière célèbre, Irène Adler. Son nom vous dit sûrement quelque chose.

– S'il vous plaît, docteur, voudriez-vous regarder sa fiche ? » murmura Holmes sans ouvrir les yeux.

Depuis plusieurs années, il avait adopté une méthode de classement pour collationner toutes les informations concernant les gens et les choses, si bien qu'il était difficile de parler devant lui d'une personne ou d'un fait sans qu'il ne pût fournir aussitôt un renseignement. Dans ce cas précis, je trouvai la biographie d'Irène Adler intercalée entre celle d'un rabbin juif et celle d'un chef d'état-major qui avait écrit une monographie[1] sur les poissons des grandes profondeurs sous-marines.

« Voyons, dit Holmes. Hum ! Née dans le New Jersey en 1858. Contralto... Hum ! La Scala... Hum ! Prima Donna à l'Opéra impérial de Varsovie... Oui ! Abandonne la scène... Ah ! Habite à Londres... Tout à fait cela. À ce que je vois, Votre Majesté s'est laissé prendre aux filets de cette jeune personne, lui a écrit quelques lettres compromettantes, et serait aujourd'hui désireuse qu'elles lui fussent restituées.

– Exactement. Mais comment...

– Y a-t-il eu un mariage secret ?

– Non.

– Pas de papiers ni de certificats légaux ?

– Aucun.

– Dans ce cas je ne comprends plus Votre Majesté. Si cette jeune personne essayait de se servir de vos lettres pour vous faire chanter ou pour tout autre but, comment pourrait-elle prouver qu'elles sont authentiques ?

– Mon écriture...

---

1. *Monographie* : étude détaillée et complète sur un point précis d'histoire, de science, de littérature.

– Peuh ! peuh ! Des faux !
– Mon papier à lettres personnel…
– Un vol !
– Mon propre sceau…
– Elle l'aura imité !
– Ma photographie…
– Elle l'a achetée !
– Mais nous avons été photographiés ensemble !
– Oh ! là ! là ! Voilà qui est très mauvais. Votre Majesté a manqué de discrétion !
– Elle m'avait rendu fou : j'avais perdu la tête !
– Vous vous êtes sérieusement compromis.
– À l'époque je n'étais que prince héritier. J'étais jeune. Aujourd'hui je n'ai que trente ans.
– Il faut récupérer la photographie.
– Nous avons essayé, nous n'avons pas réussi.
– Votre Majesté paiera. Il faut l'acheter.
– Elle ne la vendra pas.
– La dérober, alors.
– Cinq tentatives ont été effectuées. Deux fois des cambrioleurs à ma solde ont fouillé sa maison de fond en comble. Une fois nous avons volé ses bagages pendant qu'elle voyageait. Deux fois nous lui avons tendu une véritable embuscade. Aucun résultat.
– Pas de trace de la photographie ?
– Pas la moindre. »
Holmes éclata de rire :
« Voilà un très joli petit problème ! dit-il.
– Mais qui est très grave pour moi, répliqua le roi sur un ton de reproche.
– Très grave, c'est vrai. Et que se propose-t-elle de faire avec cette photographie ?
– Ruiner ma vie.
– Mais comment ?
– Je suis sur le point de me marier.

– Je l'ai entendu dire.

– Avec Clotilde Lothman de Saxe-Meningen, la seconde fille du roi de Scandinavie. Vous connaissez peut-être la rigidité des principes de cette famille : la princesse elle-même est la délicatesse personnifiée. Si l'ombre d'un doute plane sur ma conduite, tout sera rompu.

– Et Irène Adler ?

– … Menace de leur faire parvenir la photographie. Et elle le fera. Je suis sûr qu'elle le fera ! Vous ne la connaissez pas : elle a une âme d'acier. Elle combine le visage de la plus ravissante des femmes avec le caractère du plus déterminé des hommes. Plutôt que de me voir marié avec une autre, elle irait aux pires extrémités : aux pires !

– Êtes-vous certain qu'elle ne l'a pas encore envoyée ?

– Certain.

– Pourquoi ?

– Parce qu'elle a déclaré qu'elle l'enverrait le jour où les fiançailles seraient publiées. Or, elles seront rendues publiques lundi prochain.

– Oh ! mais nous avons encore trois jours devant nous ! laissa tomber Holmes en étouffant un bâillement. Heureusement, car j'ai pour l'heure une ou deux affaires d'importance à régler. Votre Majesté ne quitte pas Londres ?

– Non. Vous me trouverez au Langham, sous le nom de comte von Kramm.

– Alors je vous enverrai un mot pour vous tenir au courant de la marche de l'affaire.

– Je vous en prie. Je suis terriblement inquiet.

– Et, quant à l'argent ?

– Je vous laisse carte blanche.

– Absolument ?

– Je donnerais l'une des provinces de mon royaume en échange de cette photographie.

– Et pour les frais immédiats ? »

Le roi chercha sous son manteau une lourde bourse en peau de chamois et la déposa sur la table.

« Elle contient trois cents livres sterling en or, et sept cents en billets », dit-il.

Holmes rédigea un reçu sur une feuille de son carnet, et le lui tendit.

« Et l'adresse de la demoiselle ? demanda-t-il.

– Briony Lodge, Serpentine Avenue, St. John's Wood. »

Holmes la nota, avant d'interroger :

« Une autre question : la photographie est format album ?

– Oui.

– Bien. Bonne nuit, Majesté. J'ai confiance. Nous aurons bientôt d'excellentes nouvelles à vous communiquer... Et à vous aussi, bonne nuit, Watson ! ajouta-t-il lorsque les roues du landau royal s'ébranlèrent pour descendre la rue. Si vous avez la gentillesse de passer ici demain après-midi à trois heures, je serai heureux de bavarder un peu avec vous. »

II

À trois heures précises j'étais à Baker Street, mais Holmes n'était pas encore de retour. La logeuse m'indiqua qu'il était sorti un peu après huit heures du matin. Je m'assis au coin du feu, avec l'intention de l'attendre aussi longtemps qu'il le faudrait. Déjà cette histoire me passionnait : elle ne se présentait pas sous l'aspect lugubre des deux crimes que j'ai déjà relatés ; toutefois sa nature même ainsi que la situation élevée de son héros lui conféraient un intérêt spécial. Par ailleurs, la manière qu'avait mon ami de maîtriser une situation et le spectacle de sa logique incisive, aiguë, me procuraient un vif plaisir : j'aimais étudier son système de travail et suivre de près les méthodes (subtiles autant que hardies), grâce auxquelles il désembrouillait les écheveaux les plus inextricables. J'étais si accoutumé à ses succès que l'hypothèse d'un échec ne m'effleurait même pas.

Il était près de quatre heures quand la porte s'ouvrit pour laisser pénétrer une sorte de valet d'écurie qui semblait pris de boisson : rougeaud, hirsute[1], il étalait de gros favoris[2], et ses vêtements étaient minables. L'étonnant talent de mon ami pour se déguiser m'était connu, mais je dus le regarder à trois reprises avant d'être sûr que c'était bien lui. Il m'adressa un signe de tête et disparut dans sa chambre, d'où il ressortit cinq minutes plus tard, habillé comme à son ordinaire d'un respectable costume de tweed[3]. Il plongea les mains dans ses poches, allongea les jambes devant le feu, et partit d'un joyeux rire qui dura plusieurs minutes.

« Eh bien, ça alors ! » s'écria-t-il.

Il suffoquait ; il se reprit à rire, et il rit de si bon cœur qu'il dut s'étendre, à court de souffle, sur son canapé.

« Que se passe-t-il ?

– C'est trop drôle ! Je parie que vous ne devinerez jamais comment j'ai employé ma matinée ni ce que j'ai fini par faire.

– Je ne sais pas... Je suppose que vous avez surveillé les habitudes, et peut-être la maison de Mlle Irène Adler.

– C'est vrai ! Mais la suite n'a pas été banale. Je vais tout vous raconter. Ce matin j'ai quitté la maison un peu après huit heures, déguisé en valet d'écurie cherchant de l'embauche. Car entre les hommes de chevaux il existe une merveilleuse sympathie, presque une franc-maçonnerie : si vous êtes l'un des leurs, vous saurez en un tournemain tout ce que vous désirez savoir. J'ai trouvé de bonne heure Briony Lodge. Cette villa est un bijou ; située juste sur la route avec un jardin derrière ; deux étages ; une énorme serrure à la porte ; un grand salon à droite, bien meublé, avec de

---

1. *Hirsute* : aux cheveux touffus et hérissés.
2. *Favoris* : touffes de barbe qu'un homme laisse pousser sur ses joues, de chaque côté du visage.
3. *Tweed* : tissu de laine, généralement bicolore.

longues fenêtres descendant presque jusqu'au plancher et pourvues de ces absurdes fermetures anglaises qu'un enfant pourrait ouvrir. Derrière, rien de remarquable, sinon une fenêtre du couloir qui peut être atteinte du toit de la remise. J'ai fait le tour de la maison, je l'ai examinée sous tous les angles, sans pouvoir noter autre chose d'intéressant. J'ai ensuite descendu la rue en flânant et j'ai découvert, comme je m'y attendais, une écurie dans un chemin qui longe l'un des murs du jardin. J'ai donné un coup de main aux valets qui bouchonnaient les chevaux : en échange j'ai reçu une pièce de monnaie, un verre de whisky, un peu de gros tabac pour bourrer deux pipes, et tous les renseignements dont j'avais besoin sur Mlle Adler, sans compter ceux que j'ai obtenus sur une demi-douzaine de gens du voisinage et dont je me moque éperdument ; mais il fallait bien que j'écoute aussi leurs biographies, n'est-ce pas ?

– Quoi, au sujet d'Irène Adler ? demandai-je.

– Oh ! elle a fait tourner toutes les têtes des hommes de là-bas ! C'est la plus exquise des créatures de cette terre : elle vit paisiblement, chante à des concerts, sort en voiture chaque jour à cinq heures, pour rentrer dîner à sept heures précises, rarement à d'autres heures, sauf lorsqu'elle chante. Ne reçoit qu'un visiteur masculin, mais le reçoit souvent. Un beau brun, bien fait, élégant ; il ne vient jamais moins d'une fois par jour, et plutôt deux. C'est un M. Godfrey Norton, membre du Barreau. Voyez l'avantage qu'il y a d'avoir des cochers dans sa confidence ! Tous ceux-là le connaissaient pour l'avoir ramené chacun une douzaine de fois de Serpentine Avenue. Quand ils eurent vidé leur sac, je fis les cent pas du côté de la villa tout en élaborant mon plan de campagne.

« Ce Godfrey Norton était assurément un personnage important dans notre affaire : un homme de loi ! Cela s'annonçait mal. Quelle était la nature de ses relations avec Irène Adler, et pourquoi la visitait-il si souvent ? Était-elle sa cliente, son amie, ou sa maîtresse ? En tant que cliente, elle lui avait sans doute confié la photographie pour qu'il la garde. En tant que maîtresse, c'était moins vraisemblable. De la réponse à cette question dépendait mon plan : continuerais-je à travailler à Briony Lodge ? ou m'occuperais-je plutôt de l'appartement que ce monsieur possédait dans le quartier des avocats ?... Je crains de vous ennuyer avec ces détails, mais il faut bien que je vous expose toutes mes petites difficultés si vous voulez vous faire une idée exacte de la situation.

– Je vous écoute attentivement.

– J'étais en train de peser le pour et le contre dans ma tête quand un fiacre s'arrêta devant Briony Lodge ; un gentleman en sortit ; c'était un très bel homme, brun, avec un nez droit, des moustaches... De toute évidence l'homme dont on m'avait parlé. Il semblait très pressé, cria au cocher de l'attendre, et s'engouffra à l'intérieur dès que la bonne lui eut ouvert la porte : visiblement il agissait comme chez lui...

« Il y avait une demi-heure qu'il était arrivé : j'avais pu l'apercevoir, par les fenêtres du salon, marchant dans la pièce à grandes enjambées ; il parlait avec animation et il agitait ses bras. Elle, je ne l'avais pas vue. Soudain il ressortit ; il paraissait encore plus nerveux qu'à son arrivée. En montant dans son fiacre, il tira une montre en or de son gousset : "Filez comme le vent ! cria-t-il. D'abord chez Gross et Hankey à Regent Street, puis à l'église Sainte-Monique dans Edgware Road. Une demi-guinée[1] pour boire si vous faites la course en vingt minutes !"

« Les voilà partis. Je me demande ce que je dois faire, si je ne ferais pas mieux de les suivre, quand débouche du chemin un coquet petit landau ; le cocher a son vêtement à demi boutonné, sa cravate sous l'oreille ; les attaches des harnais sortent des boucles ; le landau n'est même pas arrêté qu'elle jaillit du vestibule pour sauter dedans. Je ne l'ai vue que le temps d'un éclair,

---

1. *Guinée* : ancienne monnaie anglaise ayant à peu près la valeur d'une livre sterling.

mais je peux vous affirmer que c'est une fort jolie femme, et qu'un homme serait capable de se faire tuer pour ce visage-là. "À l'église Sainte-Monique, John ! crie-t-elle. Et un demi-souverain [1] si vous y arrivez en vingt minutes !"

« C'est trop beau pour que je rate l'occasion. J'hésite : vais-je courir pour rattraper le landau et monter dedans, ou me cacher derrière ? Au même moment voici un fiacre. Le cocher regarde à deux fois le client déguenillé qui lui fait signe, mais je ne lui laisse pas le temps de réfléchir ; je saute : "À l'église Sainte-Monique ! lui dis-je. Et un demi-souverain pour vous si vous y êtes en moins de vingt minutes !"

« Il était midi moins vingt-cinq ; naturellement, ce qui se manigançait était clair comme le jour.

« Mon cocher fonça. Je ne crois pas que j'aie jamais été conduit aussi vite, mais les autres avaient pris de l'avance. Quand j'arrive, le fiacre et le landau sont arrêtés devant la porte ; leurs chevaux fument. Moi, je paie mon homme et me précipite dans l'église. Pas une âme à l'intérieur, sauf mes deux poursuivis et un prêtre en surplis qui semble discuter ferme avec eux. Tous trois se tiennent debout devant l'autel. Je prends par un bas-côté, et je flâne comme un oisif qui visite une église. Tout à coup, à ma grande surprise, mes trois personnages se tournent vers moi, et Godfrey Norton court à ma rencontre.

« "Dieu merci ! s'écrie-t-il. Vous ferez l'affaire. Venez ! Venez !

« – Pour quoi faire ?

« – Venez, mon vieux ! Il ne nous reste plus que trois minutes pour que ce soit légal."

« Me voilà à moitié entraîné vers l'autel et, avant que je sache où j'en suis, je m'entends bredouiller des réponses qui me sont chuchotées à l'oreille ; en fait, j'apporte ma garantie au sujet de choses dont je suis très ignorant et je sers de témoin pour un mariage entre Irène Adler, demoiselle, et Godfrey Norton,

---

1. *Souverain* : monnaie d'or anglaise de la valeur de la livre sterling.

célibataire. La cérémonie se déroule en quelques instants ; après quoi je me fais congratuler d'un côté par le conjoint, de l'autre par la conjointe, tandis que le prêtre, en face, rayonne en me regardant. Je crois que c'est la situation la plus absurde dans laquelle je me sois jamais trouvé ; lorsque je me la suis rappelée tout à l'heure, je n'ai pu m'empêcher de rire à gorge déployée. Sans doute y avait-il un quelconque vice de forme dans la licence de mariage, le prêtre devait absolument refuser de consacrer l'union sans un témoin, et mon apparition a probablement épargné au fiancé de courir les rues en quête d'un homme valable. La fiancée m'a fait cadeau d'un souverain, que j'entends porter à ma chaîne de montre en souvenir de cet heureux événement.

– L'affaire a pris une tournure tout à fait imprévue, dis-je. Mais ensuite ?

– Eh bien, j'ai trouvé mes plans plutôt compromis. Tout donnait l'impression que le couple allait s'envoler immédiatement ; des mesures aussi énergiques que promptes s'imposaient donc. Cependant, à la porte de l'église, ils partirent chacun de leur côté : lui vers son quartier, elle pour sa villa. "Je sortirai à cinq heures comme d'habitude pour aller dans le parc", lui dit-elle en le quittant.

« Je n'entendis rien de plus. Ils se séparèrent, et moi, je m'en fus prendre des dispositions personnelles.

– Lesquelles ?

– D'abord quelques tranches de bœuf froid et un verre de bière, répondit-il en sonnant. J'étais trop occupé pour songer à me nourrir, et ce soir, je serai encore plus occupé, selon toute vraisemblance. À propos, docteur, j'aurais besoin de vos services.

– Vous m'en voyez réjoui.

– Cela ne vous gênerait pas de violer la loi ?

– Pas le moins du monde.

– Ni de risquer d'être arrêté ?

– Non, si la cause est bonne.

– Oh ! la cause est excellente !

– Alors je suis votre homme.
– J'étais sûr que je pourrais compter sur vous.
– Mais qu'est-ce que vous voulez au juste ?
– Quand Mme Turner aura apporté le plateau, je vous expliquerai. Maintenant, ajouta-t-il en se jetant sur la simple collation que sa propriétaire lui avait fait monter, je vais être obligé de parler la bouche pleine car je ne dispose pas de beaucoup de temps. Il est près de cinq heures. Dans deux heures nous devons nous trouver sur les lieux de l'action. Mlle Irène, ou plutôt madame, revient de sa promenade à sept heures. Il faut que nous soyons à Briony Lodge pour la rencontrer.
– Et après, quoi ?
– Laissez le reste à mon initiative. J'ai déjà préparé ce qui doit arriver. Le seul point sur lequel je dois insister c'est que vous n'interviendrez à aucun moment, quoi qu'il se passe.
– Je resterai neutre ?
– Vous ne ferez rien, absolument rien. Il y aura probablement pour moi quelques désagréments légers à encourir. Ne vous en mêlez point. Tout se terminera par mon transport dans la villa. Quatre ou cinq minutes plus tard la fenêtre du salon sera ouverte. Vous devrez vous tenir tout près de cette fenêtre ouverte.
– Oui.
– Vous devrez me surveiller, car je serai visible.
– Oui.
– Et quand je lèverai ma main… comme ceci… vous lancerez dans la pièce ce que je vous remettrai pour le lancer et, en même temps, vous crierez au feu. Vous suivez bien ?
– Très bien.
– Il n'y a rien là de formidable, dit-il en prenant dans sa poche un long rouleau en forme de cigare. C'est une banale fusée fumigène ; à chaque extrémité elle est garnie d'une capsule automatiquement inflammable. Votre mission se réduit à ce que je vous ai dit. Quand vous crierez au feu, des tas de gens crieront à leur tour au feu. Vous pourrez alors vous promener jusqu'au

bout de la rue, où je vous rejoindrai dix minutes plus tard. J'espère que je me suis fait comprendre ?

— J'ai à ne pas intervenir, à m'approcher de la fenêtre, à guet-
210 ter votre signal, à lancer à l'intérieur cet objet, puis à crier au feu, et à vous attendre au coin de la rue.

— Exactement.

— Vous pouvez donc vous reposer sur moi.

— Parfait ! Il est presque temps que je me prépare pour le
215 nouveau rôle que je vais jouer. »

Il disparut dans sa chambre, et réapparut au bout de quelques minutes sous l'aspect d'un clergyman[1] non conformiste, aussi aimable que simplet. Son grand chapeau noir, son ample pantalon, sa cravate blanche, son sourire sympathique, et tout son air
220 de curiosité bienveillante étaient tels que seul John Hare[2] aurait pu faire aussi bien.

Holmes n'avait pas seulement changé de costume : son expression, son allure, son âme même semblaient se modifier à chaque nouveau rôle. Le théâtre a perdu un merveilleux acteur, de même
225 que la science a perdu un logicien de premier ordre, quand il s'est spécialisé dans les affaires criminelles.

Nous quittâmes Baker Street à six heures et quart pour nous trouver à sept heures moins dix dans Serpentine Avenue. La nuit tombait déjà. Les lampes venaient d'être allumées quand nous
230 passâmes devant Briony Lodge. La maison ressemblait tout à fait à celle que m'avait décrite Holmes, mais les alentours n'étaient pas aussi déserts que je me l'étais imaginé : ils étaient pleins au contraire d'une animation qu'on n'aurait pas espérée dans la petite rue d'un quartier tranquille. À un angle, il y avait un groupe de
235 pauvres hères[3] qui fumaient et riaient ; non loin un rémouleur[4]

---

1. *Clergyman* : pasteur protestant.
2. *John Hare* (1844-1921) : célèbre comédien anglais.
3. *Pauvres hères* : hommes misérables.
4. *Rémouleur* : artisan, souvent ambulant, qui aiguise les couteaux et les instruments tranchants.

avec sa roue, puis deux gardes en flirt avec une nourrice ; enfin, plusieurs jeunes gens bien vêtus, cigare aux lèvres, flânaient sur la route.

«Voyez! observa Holmes tandis que nous faisions les cent pas le long de la façade de la villa. Ce mariage simplifie plutôt les choses : la photographie devient maintenant une arme à double tranchant. Il y a de fortes chances pour qu'elle ne tienne pas plus à ce que M. Godfrey Norton la voie, que notre client ne tient à ce qu'elle tombe sous les yeux de sa princesse. Mais où la découvrirons-nous ?

– Oui. Où ?

– Il est probable qu'elle ne la transporte pas avec elle, puisqu'il s'agit d'une photographie format album, trop grande par conséquent pour qu'une dame la dissimule aisément dans ses vêtements. Elle sait que le roi est capable de lui tendre une embuscade et de la faire fouiller, puisqu'il l'a déjà osé. Nous pouvons donc tenir pour certain qu'elle ne la porte pas sur elle.

– Où alors ?

– Elle a pu la mettre en sécurité chez son banquier ou chez son homme de loi. Cette double possibilité existe, mais je ne crois ni à l'une ni à l'autre. Les femmes sont naturellement cachottières, et elles aiment pratiquer elles-mêmes leur manie. Pourquoi l'aurait-elle remise à quelqu'un ? Autant elle peut se fier à bon droit à sa propre vigilance, autant elle a de motifs de se méfier des influences, politiques ou autres, qui risqueraient de s'exercer sur un homme d'affaires. Par ailleurs, rappelez-vous qu'elle a décidé de s'en servir sous peu : la photographie doit donc se trouver à portée de sa main, chez elle.

– Mais elle a été cambriolée deux fois !

– Bah ! les cambrioleurs sont passés à côté…

– Mais comment chercherez-vous ?

– Je ne chercherai pas.

– Alors ?…

– Je me débrouillerai pour qu'elle me la montre.

– Elle refusera !

– Elle ne pourra pas faire autrement… Mais j'entends le roulement de la voiture ; c'est son landau. À présent, suivez mes instructions à la lettre. »

Tandis qu'il parlait, les lanternes latérales de la voiture amorcèrent le virage dans l'avenue ; c'était un très joli petit landau ! Il roula jusqu'à la porte de Briony Lodge ; au moment où il s'arrêtait, l'un des flâneurs du coin se précipita pour ouvrir la portière dans l'espoir de recevoir une pièce de monnaie ; mais il fut écarté d'un coup de coude par un autre qui avait couru dans la même intention. Une violente dispute s'engagea alors : les deux gardes prirent parti pour l'un des vagabonds, et le rémouleur soutint l'autre de la voix et du geste. Des coups furent échangés, et en un instant la dame qui avait sauté à bas de la voiture se trouva au centre d'une mêlée confuse d'hommes qui se battaient à grands coups de poing et de gourdins. Holmes, pour protéger la dame, se jeta parmi les combattants ; mais juste comme il parvenait à sa hauteur, il poussa un cri et s'écroula sur le sol, le visage en sang. Lorsqu'il tomba, les gardes s'enfuirent dans une direction, et les vagabonds dans la direction opposée ; les gens mieux vêtus, qui avaient assisté à la bagarre sans s'y mêler, se décidèrent alors à porter secours à la dame ainsi qu'au blessé. Irène Adler, comme je l'appelle encore, avait bondi sur les marches ; mais elle demeura sur le perron pour regarder ; son merveilleux visage profilait beaucoup de douceurs sous l'éclairage de l'entrée.

« Est-ce que ce pauvre homme est gravement blessé ? s'enquit-elle.

– Il est mort ! crièrent plusieurs voix.

– Non, non, il vit encore ! hurla quelqu'un. Mais il mourra sûrement avant d'arriver à l'hôpital.

– Voilà un type courageux ! dit une femme. Ils auraient pris à la dame sa bourse et sa montre s'il n'était pas intervenu. C'était une bande, oui ! et une rude bande ! Ah ! il se ranime maintenant…

– On ne peut pas le laisser dans la rue. Peut-on le transporter chez vous, madame ?

– Naturellement ! Portez-le dans le salon ; il y a un lit de repos confortable ! Par ici, s'il vous plaît ! »

Lentement, avec une grande solennité, il fut transporté à l'intérieur de Briony Lodge et déposé dans la pièce principale : de mon poste près de la fenêtre, j'observai les allées et venues. Les lampes avaient été allumées, mais les stores n'avaient pas été tirés, si bien que je pouvais apercevoir Holmes étendu sur le lit. J'ignore s'il était à cet instant, lui, bourrelé de remords, mais je sais bien que moi, pour ma part, je ne m'étais jamais senti aussi honteux que quand je vis quelle splendide créature était la femme contre laquelle nous conspirions, et quand j'assistai aux soins pleins de grâce et de bonté qu'elle prodiguait au blessé. Pourtant ç'aurait été une trahison (et la plus noire) à l'égard de Holmes si je m'étais départi du rôle qu'il m'avait assigné. J'endurcis donc mon cœur, et empoignai ma fusée fumigène. Après tout, me dis-je, nous ne lui faisons aucun mal, et nous sommes en train de l'empêcher de nuire à autrui.

Holmes s'était mis sur son séant, et je le vis s'agiter comme un homme qui manque d'air. Une bonne courut ouvrir la fenêtre. Au même moment il leva la main : c'était le signal. Je jetai ma fusée dans la pièce et criai : « Au feu ! » Le mot avait à peine jailli de ma gorge que toute la foule de badauds qui stationnaient devant la maison reprit mon cri en chœur : « Au feu ! » Des nuages d'une fumée épaisse moutonnaient dans le salon avant de s'échapper par la fenêtre ouverte. J'aperçus des silhouettes qui couraient dans tous les sens ; puis j'entendis la voix de Holmes affirmer que c'était une fausse alerte. Alors je me glissai parmi la foule et je marchai jusqu'au coin de la rue. Au bout d'une dizaine de minutes, j'eus la joie de sentir le bras de mon ami sous le mien et de quitter ce mauvais théâtre. Il marchait rapidement et en silence ; ce fut seulement lorsque nous empruntâmes l'une des paisibles petites rues qui descendent vers Edgware Road qu'il se décida à parler.

« Vous avez très bien travaillé, docteur ! me dit-il. Rien n'aurait mieux marché.

– Vous avez la photographie ?

– Je sais où elle est.

– Et comment l'avez-vous appris ?

– Elle me l'a montrée, comme je vous l'avais annoncé.

– Je n'y comprends goutte, Holmes.

– Je n'ai pas l'intention de jouer avec vous au mystérieux, répondit-il en riant. L'affaire fut tout à fait simple. Vous, bien sûr, vous avez deviné que tous les gens de la rue étaient mes complices : je les avais loués pour la soirée.

– Je l'avais deviné… à peu près.

– Quand se déclencha la bagarre, j'avais de la peinture rouge humide dans la paume de ma main. Je me suis précipité, je suis tombé, j'ai appliqué ma main contre mon visage, et je suis devenu le piteux spectacle que vous avez eu sous les yeux. C'est une vieille farce.

– Ça aussi, je l'avais soupçonné !

– Ils m'ont donc transporté chez elle ; comment aurait-elle pu refuser de me laisser entrer ? Que pouvait-elle objecter ? J'ai été conduit dans son salon, qui était la pièce, selon moi, suspecte. C'était ou le salon ou sa chambre, et j'étais résolu à m'en assurer. Alors j'ai été couché sur un lit, j'ai réclamé un peu d'air, on a dû ouvrir la fenêtre, et vous avez eu votre chance.

– Comment cela vous a-t-il aidé ?

– C'était très important ! Quand une femme croit que le feu est à sa maison, son instinct lui commande de courir vers l'objet auquel elle attache la plus grande valeur pour le sauver des flammes. Il s'agit là d'une impulsion tout à fait incontrôlable, et je m'en suis servi plus d'une fois : tenez, dans l'affaire du château d'Arnsworth, et aussi dans le scandale de la substitution de Darlington. Une mère se précipite vers son enfant ; une demoiselle vers son coffret à bijoux. Quant à notre dame d'aujourd'hui, j'étais bien certain qu'elle ne possédait chez elle rien de plus précieux que ce dont nous étions en quête. L'alerte fut admirablement donnée. La fumée et les cris auraient brisé des nerfs d'acier ! Elle a magnifiquement réagi. La photographie se trouve dans un renfoncement du mur derrière un panneau à glissière juste au-dessus de la sonnette. Elle y fut en un instant et je pus apercevoir l'objet au moment où elle l'avait à demi sorti. Quand je criai que c'était une fausse alerte, elle le replaça, ses yeux tombèrent sur la fusée, elle courut au-dehors, et je ne la revis plus. Je me mis debout et, après force excuses, sortis de la maison. J'ai bien songé à m'emparer tout de suite de la photographie, mais le cocher est entré ; il me surveillait de près ; je crus plus sage de ne pas me risquer : un peu trop de précipitation aurait tout compromis !

– Et maintenant ? demandai-je.

– Pratiquement notre enquête est terminée. J'irai demain lui rendre visite avec le roi et vous-même, si vous daignez nous accompagner. On nous conduira dans le salon pour attendre la maîtresse de maison ; mais il est probable que quand elle viendra elle ne trouvera plus ni nous ni la photographie. Sa Majesté sera sans doute satisfaite de la récupérer de ses propres mains.

– Et quand lui rendrons-nous visite ?

– À huit heures du matin. Elle ne sera pas encore levée, ni apprêtée, si bien que nous aurons le champ libre. Par ailleurs il nous faut être rapides, car ce mariage peut modifier radicalement ses habitudes et son genre de vie. Je vais télégraphier au roi. »

Nous étions dans Baker Street, arrêtés devant la porte. Holmes cherchait sa clef dans ses poches lorsqu'un passant lui lança :

« Bonne nuit, monsieur Sherlock Holmes ! »

Il y avait plusieurs personnes sur le trottoir ; ce salut sembla venir néanmoins d'un jeune homme svelte qui avait passé très vite.

« Je connais cette voix, dit Holmes en regardant la rue faiblement éclairée. Mais je me demande à qui diable elle appartient ! »

III

Je dormis à Baker Street cette nuit-là ; nous étions en train de prendre notre café et nos toasts quand le roi de Bohême pénétra dans le bureau.

« C'est vrai ? Vous l'avez eue ? cria-t-il en empoignant Holmes par les deux épaules et en le dévisageant intensément.

– J'ai espoir.

– Alors, allons-y. Je ne tiens plus en place.

– Il nous faut un fiacre.

– Non : mon landau attend en bas.

– Cela simplifie les choses. »

Nous descendîmes et, une fois de plus, nous reprîmes la route de Briony Lodge.

« Irène Adler est mariée, annonça Holmes.

– Mariée ! Depuis quand ?

– Depuis hier.

– Mais à qui ?

– À un homme de loi qui s'appelle Norton.

– Elle ne l'aime pas. J'en suis sûr !

– J'espère qu'elle l'aime.

– Pourquoi l'espérez-vous ?

– Parce que cela éviterait à Votre Majesté de redouter tout ennui pour l'avenir. Si cette dame aime son mari, c'est qu'elle n'aime pas Votre Majesté. Si elle n'aime pas Votre Majesté, il n'y a aucune raison pour qu'elle se mette en travers des plans de Votre Majesté.

– Vous avez raison. Et cependant... Ah ! je regrette qu'elle n'ait pas été de mon rang ! Quelle reine elle aurait fait ! »

Il tomba dans une rêverie maussade qui dura jusqu'à Serpentine Avenue.

La porte de Briony Lodge était ouverte, et une femme âgée se tenait sur les marches. Elle nous regarda descendre du landau avec un œil sardonique[1].

« Monsieur Sherlock Holmes, je pense ? interrogea-t-elle.

– Je suis effectivement monsieur Holmes, répondit mon camarade en la considérant avec un étonnement qui n'était pas joué.

– Ma maîtresse m'a dit que vous viendriez probablement ce matin, au train de cinq heures quinze à Charing Cross, pour le continent.

– Quoi ! s'écria Sherlock Holmes en reculant. Voulez-vous dire qu'elle a quitté l'Angleterre ? »

Son visage était décomposé, blanc de déception et de surprise.

« Elle ne reviendra jamais !

– Et les papiers ? gronda le roi. Tout est perdu !

– Nous allons voir... »

Il bouscula la servante et se rua dans le salon ; le roi et moi nous nous précipitâmes à sa suite. Les meubles étaient dispersés à droite et à gauche, les étagères vides, les tiroirs ouverts : il était visible que la dame avait fait ses malles en toute hâte avant de s'enfuir. Holmes courut vers la sonnette, fit glisser un petit panneau, plongea sa main dans le creux mis à découvert, retira une photographie et une lettre. La photographie était celle d'Irène Adler elle-même en robe du soir. La lettre portait la suscription suivante : « *À Sherlock Holmes, qui passera prendre.* » Mon ami déchira l'enveloppe ; et tous les trois nous nous penchâmes sur la lettre ; elle était datée de la veille à minuit, et elle était rédigée en ces termes :

« Mon cher monsieur Sherlock Holmes. Vous avez réellement bien joué ! Vous m'avez complètement surprise. Je n'avais rien soupçonné, même après l'alerte au feu. Ce n'est qu'ensuite, lorsque j'ai réfléchi que je m'étais trahie moi-même, que j'ai commencé à

---

1. *Sardonique* : qui exprime une moquerie méchante.

m'inquiéter. J'étais prévenue contre vous depuis plusieurs mois. On m'avait informée que si le roi utilisait un policier, ce serait certainement à vous qu'il ferait appel. Et on m'avait donné votre adresse. Pourtant, avec votre astuce, vous m'avez amenée à vous révéler ce que vous désiriez savoir. Lorsque des soupçons me sont venus, j'ai été prise de remords : penser du mal d'un clergyman aussi âgé, aussi respectable, aussi galant ! Mais, vous le savez, j'ai été entraînée, moi aussi, à jouer la comédie ; et le costume masculin m'est familier : j'ai même souvent profité de la liberté d'allures qu'il autorise. Aussi ai-je mandé à John, le cocher, de vous surveiller ; et moi, je suis montée dans ma garde-robe, j'ai enfilé mon vêtement de sortie, comme je l'appelle, et je suis descendue au moment précis où vous vous glissiez dehors.

« Eh bien, je vous ai suivi jusqu'à votre porte ! Et j'ai ainsi acquis la certitude que ma personne intéressait vivement le célèbre monsieur Sherlock Holmes. Alors, avec quelque imprudence, je vous ai souhaité une bonne nuit, et j'ai couru conférer avec mon mari.

« Nous sommes tombés d'accord sur ceci : la fuite était notre seule ressource pour nous défaire d'un adversaire aussi formidable. C'est pourquoi vous trouverez le nid vide lorsque vous viendrez demain. Quant à la photographie, que votre client cesse de s'en inquiéter ! J'aime et je suis aimée. J'ai rencontré un homme meilleur que lui. Le roi pourra agir comme bon lui semblera sans avoir rien à redouter d'une femme qu'il a cruellement offensée. Je ne la garde par-devers moi que pour ma sauvegarde personnelle, pour conserver une arme qui me protégera toujours contre les ennuis qu'il pourrait chercher à me causer dans l'avenir. Je laisse ici une photographie qu'il lui plaira peut-être d'emporter. Et je demeure, cher monsieur Sherlock Holmes, très sincèrement vôtre.

Irène Norton, née Adler. »

« Quelle femme ! Oh ! quelle femme ! s'écria le roi de Bohême quand nous eûmes achevé la lecture de cette épître. Ne vous avais-je pas dit qu'elle était aussi prompte que résolue ? N'aurait-elle pas été une reine admirable ? Quel malheur qu'elle ne soit pas de mon rang !

– D'après ce que j'ai vu de la dame, elle ne semble pas en vérité du même niveau que Votre Majesté ! répondit froidement Holmes. Je regrette de n'avoir pas été capable de mener cette affaire à une meilleure conclusion.

– Au contraire, cher monsieur ! cria le roi. Ce dénouement m'enchante : je sais qu'elle tient toujours ses promesses ! La photographie est à présent aussi en sécurité que si elle avait été jetée au feu.

– Je suis heureux d'entendre Votre Majesté parler ainsi.

– J'ai contracté une dette immense envers vous ! Je vous en prie ; dites-moi de quelle manière je puis vous récompenser. Cette bague... »

Il fit glisser de son doigt une émeraude et la posa sur la paume ouverte de sa main.

« Votre Majesté possède quelque chose que j'évalue à plus cher, dit Holmes.

– Dites-moi quoi : c'est à vous.

– Cette photographie ! »

Le roi le contempla avec ahurissement.

« La photographie d'Irène ? Bien sûr, si vous y tenez !

– Je remercie Votre Majesté. Maintenant, l'affaire est terminée. J'ai l'honneur de souhaiter à Votre Majesté une bonne matinée. »

Il s'inclina, et se détourna sans remarquer la main que lui tendait le roi. Bras dessus bras dessous, nous regagnâmes Baker Street.

Et voici pourquoi un grand scandale menaçait le royaume de Bohême, et comment les plans de M. Sherlock Holmes furent déjoués par une femme. Il avait l'habitude d'ironiser sur la rouerie[1] féminine ; depuis ce jour il évite de le faire. Et quand il parle d'Irène Adler, ou quand il fait allusion à sa photographie, c'est toujours sous le titre très honorable de LA femme.

---

1. *Rouerie* : attitude rusée et dissimulée.

La Ligue des Rouquins

Un jour de l'automne dernier, je m'étais rendu chez mon ami Sherlock Holmes. Je l'avais trouvé en conversation sérieuse avec un gentleman d'un certain âge, de forte corpulence, rubicond[1], et pourvu d'une chevelure d'un rouge flamboyant. Je m'excusai de mon intrusion et j'allais me retirer, lorsque Holmes me tira avec vivacité dans la pièce et referma la porte derrière moi.

«Vous ne pouviez pas choisir un moment plus propice pour venir me voir, mon cher Watson! dit-il avec une grande cordialité.
– Je craignais de vous déranger en affaires.
– Je suis en affaires. Très en affaires.
– Alors je vous attendrai à côté…
– Pas du tout… Ce gentleman, M. Wilson, a été mon associé et il m'a aidé à résoudre beaucoup de problèmes. Sans aucun doute il me sera d'une incontestable utilité pour celui que vous me soumettez.»

Le gentleman corpulent se souleva de son fauteuil et me gratifia d'un bref salut: une interrogation rapide brilla dans ses petits yeux cernés de graisse.

«Essayez mon canapé», fit Holmes en se laissant retomber dans son fauteuil. (Il rassembla les extrémités de ses dix doigts comme il le faisait fréquemment lorsqu'il avait l'humeur enquêteuse.) «Je sais, mon cher Watson, que vous partagez la passion que je porte à ce qui est bizarre et nous entraîne au-delà des

---

1. *Rubicond*: rougeaud, à la peau très rouge.

conventions ou de la routine quotidienne. Je n'en veux pour preuve que votre enthousiasme à tenir la chronique de mes petites aventures... en les embellissant parfois, ne vous en déplaise !

– Les affaires où vous avez été mêlé m'ont beaucoup intéressé, c'est vrai !

– Vous rappelez-vous ce que je remarquais l'autre jour ? C'était juste avant de nous plonger dans le très simple problème de Mlle Mary Sutherland... Je disais que la vie elle-même, bien plus audacieuse que n'importe quelle imagination, nous pourvoit de combinaisons extraordinaires et de faits très étranges. Il faut toujours revenir à la vie !

– Proposition que je me suis permis de contester...

– Vous l'avez discutée, docteur ; mais vous devrez néanmoins vous ranger à mon point de vue ! Sinon j'entasserai les preuves sous votre nez jusqu'à ce que votre raison vacille et que vous vous rendiez à mes arguments... Cela dit, M. Jabez Wilson ici présent a été assez bon pour passer chez moi : il a commencé un récit qui promet d'être l'un des plus sensationnels que j'ai entendus ces derniers temps. Ne m'avez-vous pas entendu dire que les choses les plus étranges et pour ainsi dire uniques étaient très souvent mêlées non à de grands crimes, mais à de petits crimes ? et, quelquefois, là où le doute était possible si aucun crime n'avait été positivement commis ? Jusqu'ici je suis incapable de préciser si l'affaire en question annonce, ou non, un crime ; pourtant les circonstances sont certainement exceptionnelles. Peut-être monsieur Wilson aura-t-il la grande obligeance de recommencer son récit ?... Je ne vous le demande pas uniquement parce que mon ami le docteur Watson n'a pas entendu le début : mais la nature particulière de cette histoire me fait désirer avoir de votre bouche un maximum de détails. En règle générale, lorsque m'est donnée une légère indication sur le cours des événements, je puis me guider ensuite par moi-même : des milliers de cas semblables me reviennent en mémoire. Mais je suis forcé de convenir en toute franchise qu'aujourd'hui je me trouve devant un cas très à part. »

Le client corpulent bomba le torse avec une fierté visible, avant de tirer de la poche intérieure de son pardessus un journal sale et chiffonné. Tandis qu'il cherchait au bas de la colonne des petites annonces, sa tête s'était inclinée en avant, et je pus le regarder attentivement : tentant d'opérer selon la manière de mon compagnon, je m'efforçai de réunir quelques remarques sur le personnage d'après sa mise et son allure.

Mon inspection ne me procura pas beaucoup de renseignements. Notre visiteur présentait tous les signes extérieurs d'un commerçant britannique moyen : il était obèse, il pontifiait[1], il avait l'esprit lent. Il portait un pantalon à carreaux qui aurait fait les délices d'un berger (gris et terriblement ample), une redingote noire pas trop propre et déboutonnée sur le devant, un gilet d'un brun douteux traversé d'une lourde chaîne cuivrée, et un carré de métal troué qui trimbalait comme un pendentif. De plus, un haut-de-forme effiloché et un manteau jadis marron présentement pourvu d'un col de velours gisaient sur une chaise. En résumé, à le regarder comme je le fis, cet homme n'avait rien de remarquable, si ce n'était sa chevelure extra-rouge et l'expression de chagrin et de mécontentement qui se lisait sur ses traits.

L'œil vif de Sherlock Holmes me surprit dans mon inspection, et il secoua la tête en souriant lorsqu'il remarqua mon regard chargé de questions.

« En dehors des faits évidents que M. Wilson a quelque temps pratiqué le travail manuel, qu'il prise[2], qu'il est franc-maçon[3],

---

1. *Pontifier* : parler avec prétention, prendre des airs d'importance.
2. *Priser* : aspirer du tabac par le nez.
3. *Franc-maçon* : membre d'une association universelle dont le but est de réunir des hommes qui veulent travailler au perfectionnement matériel et intellectuel de l'humanité. Un membre est discret quant à son appartenance à la franc-maçonnerie, comme l'indique la remarque de Sherlock Holmes à Jabez Wilson : « En contradiction avec le règlement de votre ordre, vous portez en guise d'épingle de cravate un arc et un compas. » Les premiers francs-maçons étaient des bâtisseurs de cathédrale, ce qui explique que ces insignes sont des outils.

qu'il est allé en Chine, et qu'il a beaucoup écrit ces derniers temps, je ne puis déduire rien d'autre ! » dit Holmes.

M. Jabez Wilson sursauta dans son fauteuil ; il garda le doigt sur son journal, mais il dévisagea mon camarade avec ahurissement.

« Comment diable savez-vous tout cela, monsieur Holmes ? Comment savez-vous, par exemple, que j'ai pratiqué le travail manuel ? C'est vrai comme l'Évangile ! J'ai débuté dans la vie comme charpentier à bord d'un bateau.

– Vos mains me l'ont dit, cher monsieur. Votre main droite est presque deux fois plus large que la gauche. Vous avez travaillé avec elle, et ses muscles ont pris de l'extension.

– Bon. Mais que je prise ? et que je suis franc-maçon ?

– Je ne ferai pas injure à votre intelligence en vous disant comment je l'ai vu ; d'autant plus que, en contradiction avec le règlement de votre ordre, vous portez en guise d'épingle de cravate un arc et un compas.

– Ah ! bien sûr ! Je l'avais oublié. Mais pour ce qui est d'écrire ?…

– Que peut indiquer d'autre cette manchette droite si lustrée[1] et cette tache claire près du coude gauche, à l'endroit où vous posez votre bras sur votre bureau ?

– Soit. Mais la Chine ?

– Légèrement au-dessus de votre poignet droit, il y a un tatouage : le tatouage d'un poisson, qui n'a pu être fait qu'en Chine. J'ai un peu étudié les tatouages, et j'ai même apporté ma contribution à la littérature qui s'est occupée d'eux. Cette façon de teindre en rose délicat les écailles d'un poisson ne se retrouve qu'en Chine. Quand, de surcroît, je remarque une pièce de monnaie chinoise pendue à votre chaîne de montre, le doute ne m'est plus permis. »

---

1. *Manchette droite si lustrée* : le poignet à revers de la chemise de Jabez Wilson est devenu brillant à cause du frottement du poignet sur la table quand il écrit.

M. Jabez Wilson eut un rire gras :

« Eh bien, c'est formidable ! Au début, j'ai cru que vous étiez un as, mais je m'aperçois que ça n'était pas si malin, au fond !

– Je commence à me demander, Watson, dit Holmes, si je n'ai pas commis une grave erreur en m'expliquant. *Omne ignotum pro magnifico*[1], vous savez ? et ma petite réputation sombrera si je me laisse aller à ma candeur naturelle... Vous ne pouvez pas trouver l'annonce, monsieur Wilson ?

– Si, je l'ai à présent, répondit-il, avec son gros doigt rougeaud posé au milieu de la colonne. La voici. C'est l'origine de tout. Lisez-la vous-même, monsieur. »

Je pris le journal et je lus :

« À LA LIGUE DES ROUQUINS – *En considération du legs de feu Ezechiah Hopkins, de Lebanon, Pennsylvania, U.S.A., une nouvelle vacance est ouverte qui permettrait à un membre de la Ligue de gagner un salaire de quatre livres par semaine pour un emploi purement nominal. Tous les rouquins sains de corps et d'esprit, âgés de plus de vingt et un ans, peuvent faire acte de candidature. Se présenter personnellement lundi, à onze heures, à monsieur Duncan Ross, aux bureaux de la Ligue 7, Pope's Court, Fleet Street.* »

« Qu'est-ce que ceci peut bien signifier ? » articulai-je après avoir relu cette annonce extraordinaire.

Holmes gloussa, et il se tortilla dans son fauteuil : c'était chez lui un signe d'enjouement.

« Nous voici hors des sentiers battus, n'est-ce pas ? Maintenant, monsieur Wilson, venons-en aux faits. Racontez-nous tout : sur vous-même, sur votre famille et sur les conséquences qu'entraîne cette annonce sur votre existence. Docteur, notez d'abord le nom du journal et la date.

---

1. Citation tirée de l'œuvre de Tacite, historien romain, qui signifie littéralement : « Tout ce que l'on ne connaît pas est tenu pour important. »

– *Morning Chronicle* du 11 août 1890. Il y a donc deux mois de cela.

145 – Parfait ! À vous, monsieur Wilson.

– Eh bien, les choses sont exactement celles que je viens de vous dire, monsieur Holmes ! dit Jabez Wilson en s'épongeant le front. Je possède une petite affaire de prêts sur gages[1] à Coburg Square, près de la City[2]. Ce n'est pas une grosse affaire : ces
150 dernières années, elle m'a tout juste rapporté de quoi vivre. J'avais pris avec moi deux commis : mais à présent un seul me suffit. Et je voudrais avoir une affaire qui marche pour le payer convenablement, car il travaille à mi-traitement, comme débutant.

– Comment s'appelle cet obligeant jeune homme ? s'enquit
155 Holmes.

– Vincent Spaulding, et il n'est plus tellement jeune. Difficile de préciser son âge !... Je ne pourrais pas souhaiter un meilleur collaborateur, monsieur Holmes. Et je sais très bien qu'il est capable de faire mieux, et de gagner le double de ce que je lui
160 donne. Mais après tout, s'il s'en contente, pourquoi lui mettrais-je d'autres idées dans la tête ?

– C'est vrai : pourquoi ? Vous avez la chance d'avoir un employé qui accepte d'être payé au-dessous du tarif ; à notre époque il n'y a pas beaucoup d'employeurs qui pourraient en
165 dire autant. Mais est-ce que votre commis est tout aussi remarquable, dans son genre, que l'annonce de tout à l'heure ?

– Oh ! il a ses défauts, bien sûr ! dit M. Wilson. Par exemple je n'ai jamais vu un pareil fanatique de la photographie. Il disparaît soudain avec un appareil, alors qu'il devrait plutôt chercher
170 à enrichir son esprit ; puis il revient, et c'est pour foncer dans la cave, tel un lièvre dans son terrier, où il développe ses photos.

---

1. Prêts sur gages : Wilson prête de l'argent à des personnes qui en ont besoin en échange de garanties qui lui assurent le remboursement de la dette.
2. City : quartier financier du centre de Londres.

Voilà son principal défaut ; mais dans l'ensemble il travaille bien. Je ne lui connais aucun vice.

— Il est encore avec vous, je présume ?

— Oui, monsieur. Lui, plus une gamine de quatorze ans qui nettoie et fait un peu de cuisine. C'est tout ce qu'il y a chez moi, car je suis veuf et je n'ai jamais eu d'enfants. Nous vivons tous trois, monsieur, très paisiblement ; et au moins, à défaut d'autre richesse, nous avons un toit et payons comptant.

« Nos ennuis ont commencé avec cette annonce. Spaulding est arrivé au bureau, il y a juste huit semaines aujourd'hui, avec le journal, et il m'a dit :

« "Je voudrais bien être un rouquin, monsieur Wilson !

« — Un rouquin ? et pourquoi ? lui ai-je demandé.

« — Parce qu'il y a un poste vacant à la Ligue des Rouquins et que le type qui sera désigné gagnera une petite fortune. J'ai l'impression qu'il y a plus de postes vacants que de candidats, et que les administrateurs ne savent pas quoi faire de l'argent du legs. Si seulement mes cheveux consentaient à changer de couleur, ça serait une belle planque pour moi !

« — Quoi ? quoi ? qu'est-ce que tu veux dire ?" demandai-je... Parce que, monsieur Holmes, je suis très casanier, moi ; et comme les affaires viennent à mon bureau sans que j'aie besoin d'aller au-devant d'elles, la fin de la semaine arrive souvent avant que j'aie mis un pied dehors. De cette façon je ne me tiens pas très au courant de ce qui se passe à l'extérieur, mais je suis toujours content d'avoir des nouvelles.

« "Jamais entendu parler de la Ligue des Rouquins ?" interroge Spaulding en écarquillant les yeux.

« "Jamais !

« — Eh bien, ça m'épate ! En tout cas vous pourriez obtenir l'un des postes vacants.

« — Et qu'est-ce que ça me rapporterait ?

« — Oh ! pas loin de deux cents livres par an ! Et le travail est facile : il n'empêche personne de s'occuper en même temps d'autre chose."

« Bon. Vous devinez que je dresse l'oreille ; d'autant plus que depuis quelques années les affaires sont très calmes. Deux cents livres de plus ? cela m'arrangerait bien !

« "Vide ton sac !" dis-je à mon commis.

« "Voilà… (Il me montre le journal et l'annonce). Vous voyez bien qu'à la Ligue il y a un poste vacant ; ils donnent même l'adresse où se présenter. Pour autant que je me souvienne, la Ligue des Rouquins a été fondée par un millionnaire américain, du nom d'Ezechiah Hopkins. C'était un type qui avait des manies : il avait des cheveux roux et il aimait bien tous les rouquins ; quand il mourut, on découvrit qu'il avait laissé son immense fortune à des curateurs[1] qui avaient pour instructions de fournir des emplois de tout repos aux rouquins. D'après ce que j'ai entendu dire, on gagne beaucoup d'argent pour ne presque rien faire.

« – Mais, dis-je, des tas de rouquins vont se présenter ?

« – Pas tant que vous pourriez le croire. D'ailleurs c'est un job qui est pratiquement réservé aux Londoniens. L'Américain a démarré de Londres quand il était jeune, et il a voulu témoigner sa reconnaissance à cette bonne vieille ville. De plus, on m'a raconté qu'il était inutile de se présenter si l'on avait des cheveux d'un roux trop clair ou trop foncé ; il faut avoir des cheveux vraiment rouges : rouge flamboyant, ardent, brûlant ! Après tout, monsieur Wilson, qu'est-ce que vous risquez à vous présenter ? Vous n'avez qu'à y aller : toute la question est de savoir si vous estimez que quelques centaines de livres valent le dérangement d'une promenade."

« C'est un fait, messieurs, dont vous pouvez vous rendre compte : j'ai des cheveux d'une couleur voyante, mais pure. Il m'a donc semblé que, dans une compétition entre rouquins, j'avais autant de chances que n'importe qui. Vincent Spaulding

---

1. *Curateurs* : personnes qui ont la charge d'administrer les biens d'une autre personne.

paraissait si au courant que je me dis qu'il pourrait m'être utile : alors je lui commandai de fermer le bureau pour la journée et de venir avec moi. Un jour de congé n'a jamais fait peur à un commis : nous partîmes donc tous les deux pour l'adresse indiquée par le journal.

« Je ne reverrai certainement jamais un spectacle pareil, monsieur Holmes ! Venus du nord, du sud, de l'est, de l'ouest, tous les hommes qui avaient une vague teinte de roux dans leurs cheveux s'étaient précipités vers la City. Fleet Street était bondée de rouquins, Pope's Court ressemblait à un chargement d'oranges. Je n'aurais pas cru qu'une simple petite annonce déplacerait tant de gens ! Toutes les nuances étaient représentées : jaune paille, citron, orange, brique, setter irlandais, argile, foie malade... Mais Spaulding avait raison : il n'y en avait pas beaucoup à posséder une chevelure réellement rouge et flamboyante. Lorsque je vis toute cette cohue, j'aurais volontiers renoncé ; mais Spaulding ne voulut rien entendre. Comment se débrouilla-t-il pour me pousser, me tirer, me faire fendre la foule et m'amener jusqu'aux marches qui conduisaient au bureau, je ne saurais le dire ! Dans l'escalier, le flot des gens qui montaient pleins d'espérance côtoyait le flot de ceux qui redescendaient blackboulés[1] ; bientôt nous pénétrâmes dans le bureau.

– C'est une aventure passionnante ! déclara Holmes tandis que son client s'interrompait pour rafraîchir sa mémoire à l'aide d'une bonne prise de tabac. Je vous en prie, continuez votre récit. Vous ne pouvez pas savoir à quel point vous m'intéressez !

– Dans le bureau, reprit Jabez Wilson, le mobilier se composait de deux chaises de bois et d'une table en sapin ; derrière cette table était assis un petit homme ; il était encore plus rouquin que moi. À chaque candidat qui défilait devant lui, il adressait quelques paroles, mais il s'arrangeait toujours pour trouver un défaut éliminatoire. Obtenir un emploi ne paraissait pas du tout

---

1. *Blackboulés* : rejetés.

à la portée de n'importe qui, à cette Ligue ! Pourtant, quand vint notre tour, le petit homme me fit un accueil plus chaleureux qu'aux autres. Il referma la porte derrière nous ; nous eûmes ainsi la possibilité de discuter en privé.

« "M. Jabez Wilson ambitionne, déclara mon commis, d'obtenir le poste vacant à la Ligue.

« – Ambition qui me semble très légitime ! répondit l'autre. Il possède à première vue les qualités requises, et même je ne me rappelle pas avoir reçu quelque chose d'aussi beau !"

« Il recula d'un pas, pencha la tête de côté, et contempla mes cheveux avec une sorte de tendresse. Je commençais à ne plus savoir où me mettre. Tout à coup, il plongea littéralement en avant, me secoua la main et, avec une chaleur extraordinaire, me félicita de mon succès.

« "La moindre hésitation serait une injustice, dit-il. Vous voudrez bien m'excuser, cependant, si je prends cette précaution..."

« Il s'était emparé de ma tignasse, et il la tirait si vigoureusement à deux mains que je ne pus réprimer un hurlement de douleur.

« "Il y a de l'eau dans vos yeux, dit-il en me relâchant. Tout est donc comme il faut que cela soit. Que voulez-vous ! la prudence est nécessaire : deux fois nous avons été abusés par des perruques, et une fois par une teinture... Je pourrais vous raconter des histoires sur la poix de cordonnier qui vous dégoûteraient de la nature humaine !"

« Il se pencha par la fenêtre pour annoncer, du plus haut de sa voix, que la place était prise. Un sourd murmure de désappointement parcourut la foule qui s'égailla dans toutes les directions. Quelques secondes plus tard il ne restait plus, dans Pope's Court, en fait de rouquins, que moi-même et mon directeur.

« "Je m'appelle Duncan Ross. Je suis moi-même l'un des bénéficiaires du fonds qu'a laissé notre noble bienfaiteur. Êtes-vous marié, monsieur Wilson ? Avez-vous des enfants ?"

« Je répondis que je n'avais ni femme ni enfants.

« La satisfaction disparut de son visage.

« "Mon Dieu ! soupira-t-il. Voilà qui est très grave ! Je suis désolé d'apprendre que vous n'avez ni femme ni enfants. Le fonds est destiné, bien entendu, non seulement à maintenir la race des rouquins, mais aussi à aider à sa propagation et à son extension. C'est un grand malheur que vous soyez célibataire !"

« Ma figure s'allongea, monsieur Holmes ; je crus que j'allais perdre cette place. Après avoir médité quelques instants, il me dit que néanmoins je demeurais agréé.

« "S'il s'agissait d'un autre, déclara-t-il, je serais inflexible. Mais nous devons nous montrer indulgents à l'égard d'un homme qui a de tels cheveux. Quand serez-vous à même de prendre votre poste ?

« – Eh bien, c'est un petit peu délicat, car j'ai déjà une occupation.

« – Oh ! ne vous tracassez pas à ce sujet, monsieur Wilson ! dit Vincent Spaulding. Je veillerai sur votre affaire à votre place.

« – Quelles seraient mes heures de travail ? demandai-je.

« – De dix heures à deux heures."

« Vous savez, monsieur Holmes : les affaires d'un prêteur sur gages se traitent surtout le soir, spécialement le jeudi et le vendredi, qui précèdent le jour de la paie. C'est pourquoi cela me convenait tout à fait de gagner un peu d'argent le matin ! De plus, mon commis était un brave garçon, sur qui je pouvais compter.

« "D'accord pour les heures, dis-je. Et pour l'argent ?

« – Vous toucherez quatre livres par semaine.

« – Pour quel travail ?

« – Le travail est purement nominal.

« – Qu'est-ce que vous entendez par "purement nominal" ?

« – Eh bien, vous devrez être présent au bureau pendant vos heures. Si vous sortez, le contrat sera automatiquement rompu sans recours. Le testament est formel là-dessus. Pour peu que vous bougiez du bureau entre dix heures et deux heures, vous ne vous conformeriez pas à cette condition.

«– Il ne s'agit que de quatre heures par jour. Je ne devrais donc même pas songer à sortir.

«– Aucune excuse ne sera acceptée, précisa M. Duncan Ross : ni une maladie, ni votre affaire personnelle, ni rien ! Vous devrez rester ici, faute de quoi vous perdrez votre emploi.

«– Et le travail ?

«– Il consiste à recopier l'Encyclopédie britannique. Le premier volume est là. À vous de vous procurer votre encre, vos plumes, et votre papier. Nous vous fournissons cette table et une chaise. Serez-vous prêt demain ?

«– Certainement.

«– Alors, au revoir, monsieur Jabez Wilson ; et encore une fois acceptez tous mes compliments pour la situation importante que vous avez conquise !"

«Il s'inclina en me congédiant. Me voilà rentrant chez moi accompagné de mon commis : je ne savais plus très bien ce que je faisais ou disais, tant j'étais heureux !

«Toute la journée, j'ai tourné et retourné l'affaire dans ma tête. Le soir, le cafard m'a pris. À force de réfléchir, je m'étais en effet persuadé que cette combinaison ne pouvait être qu'une mystification ou une supercherie d'envergure, mais je ne distinguais pas dans quel but. Il me semblait incroyable que quelqu'un pût laisser de semblables dispositions testamentaires ; et impensable que des gens paient si cher un travail aussi simple que de recopier l'Encyclopédie britannique. Vincent Spaulding fit l'impossible pour me réconforter ; mais dans mon lit je pris la décision de renoncer.

«Le lendemain matin, toutefois, je me dis que ce serait trop bête de ne pas voir d'un peu plus près de quoi il retournait. J'achetai donc une petite bouteille d'encre, une plume d'oie, quelques feuilles de papier écolier, puis je partis pour Pope's Court.

«Eh bien, je dois dire qu'à mon grand étonnement tout se passa le plus correctement du monde. La table était dressée pour me recevoir ; M. Duncan Ross se trouvait là pour contrôler que je me mettais au travail. Il me fit commencer par la lettre A, et me laissa à ma besogne. Pourtant il revint me voir plusieurs fois pour le cas où j'aurais eu besoin de lui. À deux heures, il me souhaita une bonne journée, me félicita pour le travail que j'avais abattu, et quand je sortis il referma à clef la porte du bureau.

« Ce manège se répéta tous les jours, monsieur Holmes. Chaque samedi, mon directeur m'apportait quatre souverains d'or pour mon travail de la semaine. Le matin, j'étais là à dix heures et je partais l'après-midi à deux heures. M. Duncan Ross espaça peu à peu ses visites : d'abord il ne vint plus qu'une fois le matin ; au bout d'un certain temps il n'apparut plus du tout. Naturellement je n'osais pas quitter la pièce un seul instant : je ne savais jamais à quel moment il arriverait ; l'emploi n'était pas compliqué, il me convenait à merveille : je ne voulais pas risquer de le perdre.

« Huit semaines s'écoulèrent ainsi. J'avais écrit des tas de choses sur Abbé, Archer, Armure, Architecture, Attique, et je comptais être mis bientôt sur la lettre B. Je dépensai pas mal d'argent pour mon papier écolier, et j'avais presque bourré une étagère de mes grimoires, lorsque soudain tout cassa.

– Cassa ?

– Oui, monsieur ! Et pas plus tard que ce matin. Je suis allé à mon travail comme d'habitude à dix heures, mais la porte était fermée, cadenassée : sur le panneau était fiché un petit carré de carton. Le voici ; lisez vous-même ! »

Il nous tendit un morceau de carton blanc, de la taille d'une feuille de bloc-notes. Je lus :

« La Ligue des Rouquins est dissoute.
9 octobre 1890. »

Sherlock Holmes et moi considérâmes successivement ce bref faire-part et le visage lugubre de Jabez Wilson, jusqu'à ce que l'aspect comique de l'affaire vînt supplanter tous les autres : alors nous éclatâmes d'un rire qui n'en finissait plus.

« Je regrette : je ne vois pas ce qu'il y a de si drôle ! s'écria notre client que notre hilarité fit rougir jusqu'à la racine de ses cheveux flamboyants. Si vous ne pouvez rien d'autre pour moi que rire, j'irai m'adresser ailleurs.

– Non, non ! cria Holmes en le repoussant dans le fauteuil d'où il avait commencé à s'extraire. Pour rien au monde je ne voudrais manquer cette affaire : elle est… rafraîchissante ! Mais elle comporte, pardonnez-moi de m'exprimer ainsi, des éléments plutôt amusants. Veuillez nous dire maintenant ce que vous avez fait lorsque vous avez trouvé ce carton sur la porte.

– J'avais reçu un coup de massue, monsieur. Je ne savais pas à quel saint me vouer. Je fis le tour des bureaux voisins, mais tout le monde ignorait la nouvelle. En fin de compte, je me rendis chez le propriétaire : c'est un comptable qui habite au rez-de-chaussée ; je lui ai demandé s'il pouvait me dire ce qui était arrivé à la Ligue des Rouquins. Il me répondit qu'il n'avait jamais entendu parler d'une semblable association.

« Alors je lui demandai qui était M. Duncan Ross. Il m'affirma que c'était la première fois que ce nom était prononcé devant lui.

« "Voyons, lui dis-je : le gentleman du n° 14 !

« – Ah ! le rouquin ?

« – Oui.

« – Oh ! fit-il, il s'appelle William Morris. C'est un conseiller juridique : il se servait de cette pièce pour un usage provisoire ; je la lui avais louée jusqu'à ce que ses nouveaux locaux fussent prêts. Il a déménagé hier.

« – Où pourrais-je le trouver ?

« – Oh ! à son nouveau bureau. J'ai son adresse quelque part… Oui, 17 King Edward Street, près de Saint-Paul."

« Je courus, monsieur Holmes ! Mais quand j'arrivai à cette adresse, je découvris une fabrique de rotules artificielles, et personne ne connaissait ni M. William Morris, ni M. Duncan Ross.

– Et ensuite, qu'avez-vous fait ? demanda Holmes.

– Je suis rentré chez moi à Saxe-Coburg Square pour prendre l'avis de mon commis. Mais il se contenta de me répéter que si j'attendais, j'aurais des nouvelles par la poste. Alors ça ne m'a pas plu, monsieur Holmes ! Je ne tiens pas à perdre un emploi pareil sans me défendre... Comme j'avais entendu dire que vous étiez assez bon pour conseiller des pauvres gens qui avaient besoin d'un avis, je me suis rendu droit chez vous.

– Vous avez bien fait ! dit Holmes. Votre affaire est exceptionnelle, et je serai heureux de m'en occuper. D'après votre récit, je crois possible que les suites soient plus graves qu'on ne le croirait à première vue.

– Plus graves ! s'exclama M. Jabez Wilson. Quoi ! j'ai perdu cette semaine quatre livres sterling...

– En ce qui vous concerne personnellement, observa Holmes, je ne vois pas quel grief vous pourriez formuler contre cette Ligue extraordinaire. Bien au contraire ! Ne vous êtes-vous pas enrichi de quelque trente livres ? Et je ne parle pas des connaissances que vous avez acquises gratuitement sur tous les sujets dont l'initiale était un A. Ces gens de la Ligue ne vous ont lésé en rien.

– Non, monsieur. Mais je tiens à apprendre la vérité sur leur compte, qui ils sont, et pourquoi ils m'ont joué cette farce, car c'en est une ! Ils se sont bien amusés pour trente-deux livres !

– Nous nous efforcerons donc d'éclaircir à votre intention ces problèmes, monsieur Wilson. D'abord, une ou deux questions, s'il vous plaît. Ce commis, qui vous a soumis le texte de l'annonce, depuis combien de temps l'employiez-vous ?

– Un mois, à peu près, à l'époque.

– Comment l'avez-vous embauché ?

– À la suite d'une petite annonce.

– Fut-il le seul à se présenter ?

– Non, il y avait une douzaine de candidats.

– Pourquoi l'avez-vous choisi ?

– Parce qu'il avait l'air débrouillard, et qu'il consentait à entrer comme débutant.
– En fait, à demi-salaire ?
– Oui.
– Comment est-il fait, ce Vincent Spaulding ?
– Il est petit, fortement charpenté, très vif, chauve, bien qu'il n'ait pas trente ans. Sur le front il a une tache blanche : une brûlure d'acide. »

Holmes se souleva de son fauteuil ; une excitation considérable s'était emparée de lui.

« Je n'en pensais pas moins ! dit-il. N'avez-vous pas observé que ses lobes sont percés comme par des boucles d'oreilles ?
– Si, monsieur. Il m'a dit qu'une sorcière les lui avait troués quand il était petit.
– Hum ! fit Holmes en retombant dans ses pensées. Et il est encore à votre service ?
– Oh ! oui, monsieur ! Je viens de le quitter.
– Et pendant votre absence, il a bien géré votre affaire ?
– Rien à dire là-dessus, monsieur. D'ailleurs il n'y a jamais grand-chose à faire le matin.
– Cela suffit, monsieur Wilson. Je serai heureux de vous faire connaître mon opinion d'ici un jour ou deux. Nous sommes aujourd'hui samedi. J'espère que la conclusion interviendra lundi. »

Quand notre visiteur eut pris congé, Holmes m'interrogea :

« Eh bien, Watson, qu'est-ce que vous pensez de tout cela ?
– Je n'en pense rien, répondis-je franchement. C'est une affaire fort mystérieuse.
– En règle générale, dit Holmes, plus une chose est bizarre, moins elle comporte finalement de mystères. Ce sont les crimes banaux, sans traits originaux, qui sont vraiment embarrassants : de même qu'un visage banal est difficile à identifier. Mais il faut que je règle rapidement cela.
– Qu'allez-vous faire ?

– Fumer, répondit-il. C'est le problème idéal pour trois pipes, et je vous demande de ne pas me distraire pendant cinquante minutes. »

Il se roula en boule sur son fauteuil, avec ses genoux minces ramenés sous son nez aquilin, puis il demeura assis ainsi, les yeux fermés ; sa pipe en terre noire proéminait comme le bec d'un oiseau étrange. Je finis par conclure qu'il s'était endormi, et j'allais moi aussi faire un petit somme quand il bondit hors de son siège : à en juger par sa mine, il avait pris une décision. Il posa sa pipe sur la cheminée.

« Il y a un beau concert cet après-midi à Saint-James' Hall, dit-il. Qu'en pensez-vous, Watson ? Vos malades pourront-ils se passer de vos services quelques heures ?

– Je suis libre aujourd'hui. Ma clientèle n'est jamais très absorbante.

– Dans ce cas, prenez votre chapeau et partons. D'abord pour un petit tour dans la City ; nous mangerons quelque chose en route. Il y a beaucoup de musique allemande au programme, et elle est davantage à mon goût que la musique française ou italienne : elle est introspective, et j'ai grand besoin de m'introspecter. Venez ! »

Nous prîmes le métro jusqu'à Aldersgate. Une courte marche nous mena à Saxe-Coburg Square, l'une des scènes où s'était déroulée l'histoire peu banale que nous avions entendue. C'était une petite place de rien du tout, suant la misère sans l'avouer tout à fait ; quatre rangées crasseuses de maisons de brique à deux étages contemplaient une pelouse minuscule entourée d'une grille : un sentier herbeux et quelques massifs de lauriers fanés y défendaient leur existence contre une atmosphère enfumée et ingrate. Trois boules dorées et un écriteau marron avec « Jabez Wilson » écrit en lettres blanches, à l'angle d'une maison, révélèrent le lieu où notre client rouquin tenait boutique. Sherlock Holmes s'arrêta devant la façade. Il pencha la tête de côté et la contempla ; entre ses paupières plissées, ses yeux brillaient. Lentement il remonta la rue, puis la redescendit sans cesser de regarder les maisons comme s'il voulait en percer les murs. Finalement, il retourna vers la boutique du prêteur sur gages ; il cogna vigoureusement deux ou trois fois le trottoir avec sa canne, avant d'aller à la porte et d'y frapper. Presque instantanément on ouvrit : un jeune garçon imberbe [1], à l'aspect fort éveillé, le pria d'entrer.

« Merci, dit Holmes. Je voudrais seulement que vous m'indiquiez, s'il vous plaît, le chemin pour regagner le Strand d'ici.

– La troisième à droite, et la quatrième à gauche, répondit aussitôt le commis en refermant la porte.

– Il a l'esprit vif, ce type ! observa Holmes quand nous nous fûmes éloignés. Selon moi, il est, au royaume de l'habileté, le quatrième homme dans Londres ; quant à l'audace, il pourrait même prétendre à la troisième place. J'ai déjà eu affaire à lui autrefois.

– De toute évidence, dis-je, le commis de M. Wilson tient un rôle important dans cette mystérieuse affaire de la Ligue des Rouquins. Je parierais que vous n'avez demandé votre chemin que pour le voir.

– Pas lui.

– Qui alors ?

– Les genoux de son pantalon.

– Ah !... et qu'y avez-vous vu ?

– Ce que je m'attendais à voir.

– Pourquoi avez-vous cogné le trottoir avec votre canne ?

– Mon cher docteur, c'est l'heure d'observer, non de parler. Nous sommes des espions en pays ennemi. Nous avons appris quelque chose sur Saxe-Coburg Square. Explorons maintenant les ruelles qui se trouvent derrière. »

La rue où nous nous retrouvâmes lorsque nous eûmes contourné l'angle de ce Saxe-Coburg Square contrastait autant avec lui que les deux faces d'un tableau. C'était l'une des artères

---

1. *Imberbe* : qui n'a pas encore de barbe.

principales où se déversait le trafic de la City vers le nord et l'ouest. La chaussée était obstruée par l'énorme flot commercial qui s'écoulait en un double courant : l'un allant vers la City, l'autre venant de la City. Nous avions du mal à réaliser que d'aussi beaux magasins et d'aussi imposants bureaux s'adossaient à ce square minable et crasseux que nous venions de quitter.

« Laissez-moi bien regarder, dit Holmes qui s'était arrêté au coin pour observer. Je voudrais tout simplement me rappeler l'ordre des maisons ici. Il y a Mortimer's, le bureau de tabac, la boutique du marchand de journaux, la succursale Coburg de la banque de la City et de la banlieue, le restaurant végétarien, et le dépôt de voitures McFarlane. Ceci nous mène droit vers l'autre bloc. Voilà, docteur : le travail est fini, c'est l'heure de nous distraire ! Un sandwich et une tasse de café, puis en route vers le pays du violon où tout est douceur, délicatesse, harmonie : là, il n'y aura pas de rouquins pour nous assommer de devinettes. »

Mon ami était un mélomane[1] enthousiaste : il exécutait passablement, et il composait des œuvres qui n'étaient pas dépourvues de mérite.

Tout l'après-midi, il resta assis sur son fauteuil d'orchestre ; visiblement, il jouissait du bonheur le plus parfait ; ses longs doigts minces battaient de temps en temps la mesure ; un sourire s'étalait sur son visage ; ses yeux exprimaient de la langueur et toute la poésie du rêve... Qu'ils étaient donc différents des yeux de Holmes le limier[2], de Holmes l'implacable, l'astucieux, de Holmes le champion des policiers ! Son singulier caractère lui permettait cette dualité. J'ai souvent pensé que sa minutie et sa pénétration représentaient une sorte de réaction de défense contre l'humeur qui le portait vers la poésie et la contemplation.

---

1. *Mélomane* : aimant la musique avec passion.
2. *Limier* : au sens propre, chien de chasse employé pour la recherche du gibier ; au sens figuré, celui qui suit une piste, qui cherche à retrouver les traces de quelqu'un.

L'équilibre de sa nature le faisait passer d'une langueur extrême à l'énergie la plus dévorante. Je savais bien qu'il n'était jamais si réellement formidable que certains soirs où il venait de passer des heures dans son fauteuil parmi des improvisations ou ses éditions en gothique. Alors l'appétit de la chasse s'emparait de lui, et sa logique se haussait au niveau de l'intuition : si bien que les gens qui n'étaient pas familiarisés avec ses méthodes le regardaient de travers, avec méfiance, comme un homme différent du commun des mortels.

Quand je le vis ce soir-là s'envelopper de musique à Saint-James' Hall, je sentis que de multiples désagréments se préparaient pour ceux qu'il s'était donné pour mission de pourchasser.

« Vous désirez sans doute rentrer chez vous, docteur ? me demanda-t-il après le concert.

– Oui, ce serait aussi bien.

– De mon côté, j'ai devant moi plusieurs heures de travail. L'affaire de Coburg Square est grave.

– Grave ?

– Un crime considérable se mijote. J'ai toutes les raisons de croire que nous pourrons le prévenir. Mais c'est aujourd'hui samedi, et cela complique les choses. J'aurais besoin de votre concours ce soir.

– À quelle heure ?

– Dix heures ; ce sera assez tôt.

– Je serai à Baker Street à dix heures.

– Très bien... Ah ! dites-moi, docteur, il se peut qu'un petit danger nous menace : alors, s'il vous plaît, mettez donc votre revolver d'officier dans votre poche. »

Il me fit signe de la main, vira sur ses talons, et disparut dans la foule.

Je ne crois pas avoir un esprit plus obtus que la moyenne, mais j'ai toujours été oppressé par le sentiment de ma propre stupidité au cours de mon commerce avec Sherlock Holmes. Dans ce cas-ci, j'avais entendu ce qu'il avait entendu, j'avais vu ce qu'il avait vu ;

et cependant !… il ressortait de ses propos qu'il discernait non seulement ce qui s'était passé, mais encore ce qui pouvait survenir, alors que, de mon point de vue, l'affaire se présentait sous un aspect confus et grotesque. Tandis que je roulais vers ma maison de Kensington, je me remémorai le tout, depuis l'extraordinaire récit du copieur roux de l'Encyclopédie britannique jusqu'à notre visite à Saxe-Coburg Square, sans oublier la petite phrase de mauvais augure qu'il m'avait lancée en partant. Qu'est-ce que c'était que cette expédition nocturne ? Pourquoi devrais-je y participer armé ? Où irions-nous ? Et que ferions-nous ? Holmes m'avait indiqué que le commis du prêteur sur gages était un as : un homme capable de jouer un jeu subtil et dur. J'essayai de démêler cet écheveau, mais j'y renonçai bientôt : après tout, la nuit m'apporterait l'explication que je cherchais !

À neuf heures et quart, je sortis de chez moi et, par le parc et Oxford Street, je me dirigeai vers Baker Street. Devant la porte, deux fiacres étaient rangés. Passant dans le couloir, j'entendis au-dessus un bruit de voix : de fait, quand j'entrai dans la pièce qui servait de bureau à Holmes, celui-ci était en conversation animée avec deux hommes. J'en reconnus un aussitôt : c'était Peter Jones, officier de police criminelle. L'autre était long et mince ; il avait le visage triste, un chapeau neuf et une redingote terriblement respectable.

« Ah ! nous sommes au complet ! s'exclama Holmes en prenant son lourd stick[1] de chasse. Watson, je crois que vous connaissez M. Jones, de Scotland Yard ? Permettez-moi de vous présenter M. Merryweather, qui va nous accompagner dans nos aventures nocturnes.

– Vous voyez, docteur, dit Jones avec l'air important qui ne le quittait jamais, encore une fois nous voici partant pour une chasse à deux. Notre ami est merveilleux pour donner le départ. Il n'a besoin que d'un vieux chien pour l'aider à dépister le gibier.

---

1. *Stick* : sorte de canne.

– J'espère, murmura lugubrement M. Merryweather, que nous trouverons en fin de compte autre chose qu'un canard sauvage.

– Vous pouvez avoir pleine et entière confiance en M. Holmes ! dit fièrement l'officier de police. Il a ses petites méthodes qui sont, s'il me permet de l'avouer, un tout petit peu trop théoriques et bizarres, mais c'est un détective-né. Il n'est pas exagéré de dire qu'une fois ou deux, notamment dans cette affaire de meurtre à Brixton Road ou dans le trésor d'Agra, il a vu plus clair que la police officielle.

– Oh ! si vous êtes de cet avis, monsieur Jones, tout est parfait ! s'écria l'étranger avec déférence. Pourtant, je vous confesse que mon bridge me manque. C'est depuis vingt-sept ans la première fois que je ne joue pas ma partie le samedi soir.

– Je crois que vous ne tarderez pas à vous apercevoir, dit Holmes, que vous n'avez jamais joué aussi gros jeu ; la partie de ce soir sera donc passionnante ! Pour vous, monsieur Merryweather, il s'agit de quelque trente mille livres. Pour vous, Jones, il s'agit de l'homme que vous voulez tant prendre sur le fait.

– John Clay, assassin, voleur, faussaire, faux monnayeur. C'est un homme jeune, monsieur Merryweather, et, cependant, il est à la tête de sa profession. Il n'y a pas un criminel dans Londres à qui je passerais les menottes avec plus de plaisir. Un type remarquable, ce John Clay ! Son grand-père était un duc royal ; lui-même a fait ses études à Eton[1] et à Oxford[2]. Il a le cerveau aussi agile que ses doigts ; à chaque instant, nous repérons sa trace, mais quant à trouver l'homme ! Un jour, il fracturera un coffre en Écosse et, le lendemain, il quêtera dans les Cornouailles[3] pour la construction d'un orphelinat. Il y a des années que je le piste, et je ne suis jamais parvenu à l'apercevoir !

---

1. *Eton* : collège anglais réputé pour la qualité de son enseignement.
2. *Oxford* : université anglaise très renommée.
3. *Cornouailles* : péninsule aux côtes découpées située dans le sud-ouest de l'Angleterre.

– J'espère que j'aurai la joie de vous le présenter cette nuit. J'ai eu moi aussi affaire une ou deux fois à M. John Clay, et je vous concède que c'est un as. Mais il est plus de dix heures : il faut partir. Prenez tous deux le premier fiacre ; Watson et moi suivrons dans le second. »

Tout au long de notre route, Sherlock Holmes ne se montra guère enclin à la conversation : du fond du fiacre, il fredonnait les airs qu'il avait entendus l'après-midi. Nous nous engageâmes dans un interminable labyrinthe de ruelles éclairées au gaz jusqu'à ce que nous nous retrouvâmes dans Farrington Street.

« Nous approchons ! constata mon ami. Ce Merryweather est un directeur de banque et cette affaire l'intéresse personnellement. J'ai pensé qu'il ne serait pas mauvais d'avoir Jones avec nous aussi. Ce n'est pas un mauvais bougre, quoique professionnellement je le considère comme un imbécile. Mais il a une qualité positive : il est aussi courageux qu'un bouledogue, et aussi tenace qu'un homard s'il pose ses pinces sur quelqu'un. Nous voici arrivés : ils nous attendent. »

Nous avions atteint la même grande artère populeuse où nous avions déambulé le matin. Nous quittâmes nos fiacres et, guidés par M. Merryweather, nous nous engouffrâmes dans un passage étroit. Il nous ouvrit une porte latérale. Au bout d'un couloir, il y avait une porte en fer massif. Celle-ci aussi fut ouverte ; elle débouchait sur un escalier de pierre en colimaçon qui se terminait sur une nouvelle porte formidable. M. Merryweather s'arrêta pour allumer une lanterne, et il nous mena vers un passage sombre, qui puait la terre mouillée. Encore une porte – la troisième – et nous aboutîmes à une grande cave voûtée où étaient empilées tout autour des caisses et des boîtes de grande taille.

« Par le haut, vous n'êtes pas trop vulnérable ! remarqua Holmes en levant la lanterne et en regardant autour de lui.

– Ni par le bas ! dit M. Merryweather en frappant de son stick les dalles du sol... Mon Dieu ! s'écria-t-il, elles sonnent creux...

– Je dois réellement vous prier de vous tenir un peu plus tranquille, dit Holmes avec sévérité. Vous venez de compromettre le succès de notre expédition. Pourrais-je vous demander d'être assez bon pour vous asseoir sur l'une de ces caisses et de ne vous mêler de rien ? »

Le solennel M. Merryweather se percha sur une caisse, avec un air de dignité offensée. Holmes s'agenouilla sur le sol : à l'aide de la lanterne et d'une loupe, il examina les interstices entre les dalles. Quelques secondes lui suffirent ; il se remit debout et rangea la loupe dans sa poche.

« Nous avons une bonne heure devant nous, déclara-t-il. En effet, ils ne prendront aucun risque avant que le prêteur sur gages soit couché. Seulement, ils ne perdront plus une minute, car plus tôt ils auront fini leur travail, plus ils auront de temps pour se mettre à l'abri. Nous nous trouvons actuellement, docteur, et vous l'avez certainement deviné, dans la cave d'une succursale pour la City de l'une des principales banques de Londres. M. Merryweather est le président du conseil d'administration, et il vous expliquera les raisons pour lesquelles les criminels les plus audacieux de la capitale n'auraient pas tort de s'intéresser à présent à cette cave.

– C'est notre or français, chuchota le président. Et nous avons été avertis à plusieurs reprises qu'un coup était en préparation.

– Votre or français ?

– Oui. Il y a quelques mois, nous avons eu l'occasion de consolider nos ressources ; à cet effet nous avons emprunté trente mille napoléons à la Banque de France. Mais, dans la City, on a appris que nous n'avons jamais eu besoin de cet argent frais, et qu'il était dans notre cave. La caisse sur laquelle je suis assis contient deux mille napoléons enveloppés de papier de plomb. Notre réserve métallique est beaucoup plus forte en ce moment que celle qui est généralement affectée à une simple succursale, et la direction redoute quelque chose...

— Craintes tout à fait justifiées ! ponctua Holmes. Maintenant, il serait temps d'arranger nos petits plans. Je m'attends à ce que l'affaire soit mûre dans une heure. D'ici là, monsieur Merryweather, faites tomber le volet de votre lanterne.

— Alors, nous resterons... dans le noir ?

— J'en ai peur ! J'avais emporté un jeu de cartes, monsieur Merryweather, et je pensais que, puisque nous serions quatre, vous auriez pu faire quand même votre partie de bridge. Mais l'ennemi a poussé si loin ses préparatifs que toute lumière nous est interdite. Première chose à faire : choisir nos places. Nos adversaires sont gens audacieux ; nous aurons l'avantage de la surprise, c'est entendu ; mais si nous ne prenons pas le maximum de précautions, gare à nous ! Je me tiendrai derrière cette caisse. Vous autres, dissimulez-vous derrière celles-là. Quand je projetterai de la lumière sur eux, cernez-les en vitesse. Et s'ils tirent, Watson, n'ayez aucun scrupule, abattez-les comme des chiens ! »

Je posai mon revolver, armé, sur la caisse en bois derrière laquelle je m'accroupis. Holmes abaissa le volet de la lanterne. Nous fûmes plongés dans l'obscurité ; et cette obscurité me parut effroyablement opaque. L'odeur du métal chauffé demeurait pour nous convaincre que la lumière n'était pas éteinte et qu'elle jaillirait au moment propice. Mes nerfs, exaspérés par cet affût particulier, me rendaient plus sensible à l'atmosphère glacée et humide de la cave.

« Ils n'ont qu'une retraite possible, chuchota Holmes. La maison de Saxe-Coburg Square. Je pense que vous avez fait ce que je vous avais demandé, Jones ?

— Un inspecteur et deux agents font le guet devant la porte.

— Par conséquent, tous les trous sont bouchés. Il ne nous reste plus qu'à nous taire et à attendre. »

Comme le temps nous sembla long ! En confrontant nos souvenirs, ensuite, nous découvrîmes qu'il ne s'était écoulé qu'une heure et quart avant l'action ; nous aurions juré que la nuit entière avait passé et que l'aube blanchissait déjà le ciel au-dessus de nos têtes. J'avais les membres raides et endoloris, car j'avais peur de faire du bruit en changeant de position. Quant à mes nerfs, ils étaient tellement tendus que je percevais la respiration de mes trois compagnons. Je distinguais même celle de Jones, plus lourde, de celle du président du conseil d'administration de la banque, qui ressemblait à une poussée régulière de soupirs. De ma place, je pouvais observer les dalles par-dessus la caisse. Soudain, mes yeux aperçurent le trait d'une lumière.

D'abord ce ne fut qu'une étincelle rougeâtre sur le sol dallé. Puis elle s'allongea jusqu'à devenir une ligne jaune. Et alors, sans le moindre bruit, une fente se produisit et une main apparut : blanche, presque féminine, cette main se posa au centre de la petite surface éclairée ; elle tâtonna à l'entour. Pendant une minute ou deux, la main, avec ses doigts crispés, émergea du sol. Puis elle se retira aussi subitement qu'elle était apparue. Tout redevint noir, à l'exception de cette unique lueur rougeâtre qui marquait une fente entre deux dalles.

La disparition de la main, cependant, ne fut que momentanée. Dans un bruit de déchirement, d'arrachement, l'une des grosses dalles blanches se souleva sur un côté : un trou carré, béant, se creusa et une lanterne l'éclaira. Par-dessus le rebord, un visage enfantin, imberbe, surgit. Il inspecta les caisses du regard. De chaque côté de l'ouverture ainsi pratiquée dans le sol, une main s'agrippa. Les épaules émergèrent, puis la taille. Un genou prit appui sur le rebord. L'homme se mit debout à côté du trou. Presque au même instant se dressa derrière lui un complice : aussi agile et petit que lui, avec un visage blême et une tignasse d'un rouge flamboyant.

« Tout va bien, murmura-t-il. Tu as les ciseaux, les sacs ?... Oh ! bon Dieu ! Saute, Archie, saute ! Je m'en débrouillerai tout seul. »

Sherlock Holmes avait bondi et empoigné l'homme. L'autre plongea par le trou et je perçus le bruit d'une étoffe qui se déchirait car Jones l'avait happé par son vêtement. La lumière fit luire le canon d'un revolver, mais Holmes frappa le poignet d'un coup de stick, et l'arme tomba sur le sol.

«Inutile, John Clay! articula Holmes avec calme. Vous n'avez plus aucune chance.

– J'ai compris, répondit le bandit avec le plus grand sang-froid. J'espère que mon copain s'en est tiré, bien que vous ayez eu les pans de sa veste…

– Il y a trois hommes qui l'attendent à la porte, dit Holmes.

– Oh! vraiment? Vous me paraissez n'avoir rien oublié. Puis-je vous féliciter?

– Moi aussi, je vous félicite! dit Holmes. Votre idée des rouquins était très originale… et efficace!

– Vous retrouverez bientôt votre copain, dit Jones. Il descend dans les trous plus vite que moi. Tendez-moi les poignets, afin que j'attache les menottes.

– Je vous prie de ne pas me toucher, avec vos mains crasseuses! observa notre prisonnier tandis que les cercles d'acier se refermaient autour de ses poignets. Vous ignorez peut-être que j'ai du sang royal dans les veines? Ayez la bonté, quand vous vous adresserez à moi, de m'appeler "monsieur" et de me dire "s'il vous plaît".

– D'accord! répondit Jones, ahuri mais ricanant. Eh bien, voulez-vous s'il vous plaît, monsieur, monter par l'escalier? Nous trouverons en haut un carrosse qui transportera Votre Altesse au poste de police.

– Voilà qui est mieux», dit John Clay avec sérénité.

Il s'inclina devant nous trois et sortit paisiblement sous la garde du policier.

«Réellement, monsieur Holmes, dit M. Merryweather pendant que nous remontions de la cave, je ne sais comment la banque pourra vous remercier et s'acquitter envers vous. Sans aucun doute, vous avez découvert et déjoué une tentative de cambriolage comme je n'en avais encore jamais vu dans une banque!

– J'avais un petit compte à régler avec M. John Clay, sourit Holmes. Dans cette affaire, mes frais ont été minimes : j'espère néanmoins que la banque me les remboursera. En dehors de cela, je suis largement récompensé parce que j'ai vécu une expérience pour ainsi dire unique, et que la Ligue des Rouquins m'a été révélée ! Elle était très remarquable ! »

« Voyez-vous, Watson, m'expliqua-t-il dans les premières heures de la matinée, alors que nous étions assis à Baker Street devant un bon verre de whisky, une chose me sauta aux yeux tout d'abord : cette histoire assez incroyable d'une annonce publiée par la soi-disant Ligue des Rouquins, et de la copie de l'Encyclopédie britannique, ne pouvait avoir d'autre but que de retenir chaque jour hors de chez lui notre prêteur sur gages. Le moyen utilisé n'était pas banal ; en fait, il était difficile d'en trouver de meilleur ! C'est indubitablement la couleur des cheveux de son complice qui inspira l'esprit subtil de Clay. Quatre livres par semaine constituaient un appât sérieux ; mais qu'était-ce, pour eux, que quatre livres puisqu'ils en espéraient des milliers ? Ils insérèrent l'annonce : l'un des coquins loua provisoirement le bureau, l'autre poussa le prêteur sur gages à se présenter, et tous deux profitaient chaque matin de son absence. À partir du moment où j'ai su que le commis avait accepté de travailler à mi-salaire, j'ai compris qu'il avait un sérieux motif pour accepter l'emploi.

– Mais comment avez-vous découvert de quel motif il s'agissait ?

– S'il y avait eu des femmes dans la maison, j'aurais songé à une machination plus vulgaire. Mais il ne pouvait en être question. D'autre part, le bureau de notre prêteur sur gages rendait peu. Enfin, rien chez lui ne justifiait une préparation aussi minutieuse, longue, et coûteuse. Il fallait donc chercher dehors. Mais chercher quoi ? Je réfléchis à la passion du commis pour la photographie, et à son truc de disparaître dans la cave. La cave ! C'était là qu'aboutissaient les fils de l'énigme que m'avait apportée M. Jabez Wilson. Je posai alors quelques questions sur ce commis mystérieux, et je me rendis compte que j'avais affaire à l'un des criminels de Londres les plus audacieux et les plus astucieux. Il était en train de manigancer quelque chose dans la cave : quelque chose qui lui prenait plusieurs heures par jour depuis des mois. Encore une fois, quoi ? Je ne pouvais envisager qu'un tunnel, destiné à le conduire vers un autre immeuble.

« J'en étais arrivé là quand nous nous rendîmes sur les lieux. Je vous ai étonné quand j'ai cogné le sol avec mon stick ; mais je me demandais si la cave était située sur le devant ou sur l'arrière de la maison. Au son, je sus qu'elle n'était pas sur le devant. Ce fut alors que je sonnai : j'espérais bien que le commis se dérangerait pour ouvrir. Nous avions eu quelques escarmouches, mais nous ne nous étions jamais vus. Je regardai à peine son visage : c'était ses genoux qui m'intéressaient. Vous avez pu remarquer vous-même combien à cet endroit le pantalon était usé, chiffonné, et taché : de tels genoux étaient révélateurs du genre de travail auquel il se livrait pendant des heures. Le seul point mystérieux qui restait à élucider était le pourquoi de ce tunnel. En me promenant dans le coin, je constatai que la banque de la City et de la Banlieue atteignait à la maison de Jabez Wilson. Quand vous rentrâtes chez vous après le concert, j'alertai Scotland Yard et le président du conseil d'administration de la banque ; et la conclusion fut ce que vous avez vu.

– Et comment avez-vous pu prévoir qu'ils feraient dès le soir leur tentative ?

– À partir du moment où le bureau de la Ligue était fermé, il était certain qu'ils ne se souciaient plus que Jabez Wilson fût absent de chez lui. Par ailleurs, il était capital de leur point de vue qu'ils se dépêchassent, car le tunnel pouvait être découvert, ou l'or changé de place. Le samedi leur convenait bien, car ils avaient deux jours pour disparaître. C'est pour toutes ces raisons que je les attendais pour hier soir.

– Votre logique est merveilleuse ! m'écriai-je avec une admiration non feinte. La chaîne est longue, et cependant chaque anneau se tient.

– La logique me sauve de l'ennui, répondit-il en bâillant. Hélas, je le sens qui me cerne encore !... Ma vie est un long effort pour m'évader des banalités de l'existence. Ces petits problèmes m'y aident.

– Et de plus, vous êtes un bienfaiteur de la société », ajoutai-je.

Il haussa les épaules :

« Peut-être, après tout, cela sert-il à quelque chose ! "L'homme n'est rien ; c'est l'œuvre qui est tout [1]", comme Flaubert l'écrivait à George Sand. »

---

1. En français dans le texte.

■ Sherlock Holmes et le docteur Watson, illustration de Sidney Paget pour *The Strand*, septembre 1893.

Le Ruban moucheté

Voici huit ans que j'étudie les méthodes de mon ami Sherlock Holmes. Quand je compulse les notes que j'ai prises, je ne compte pas moins de soixante-dix affaires sortant de l'ordinaire. Il y en a de tragiques, de comiques, de simplement bizarres, mais aucune ne saurait prétendre à la banalité. La raison en est facile à comprendre : Holmes travaillait bien davantage pour l'amour de l'art que pour s'enrichir. Un tel désintéressement l'a donc incité à ne pas se mêler de cas vulgaires : il lui fallait l'inhabituel, et même le fantastique.

Il me semble que l'histoire la plus singulièrement fantastique est celle qui le mit en rapport avec la célèbre famille du Surrey[1], les Roylott de Stoke Moran. Les événements en question remontent aux débuts de notre association, lorsque nous partagions en garçons[2] le même appartement dans Baker Street. Sans doute les aurais-je relatés plus tôt si je n'avais été tenu par ma parole d'honneur. Mais la dame qui me l'avait demandée est morte le mois dernier, et je me trouve délié de tout engagement. Au reste, il n'est pas mauvais que la vérité sur cette affaire soit enfin publiée ! J'ai en effet de bonnes raisons de penser que le décès du docteur Grimesby Roylott a donné lieu à quantité de rumeurs dans le public ; la vérité est à peine moins horrible ; mais enfin elle l'est moins.

---

1. *Surrey* : région de l'Angleterre située au sud du bassin de Londres.
2. *En garçons* : en célibataires.

De très bonne heure, un matin d'avril 1883, je m'éveillai parce que Sherlock Holmes, tout habillé, s'approchait de mon lit. Mon ami n'avait rien d'un «lève-tôt»; comme la pendule marquait sept heures et quart, je lui décochai un regard où l'étonnement se mêlait à quelque ressentiment : j'étais moi-même un homme à habitudes régulières, et je n'aimais guère être dérangé à des heures indues.

«Désolé de vous tirer du sommeil, Watson! fit-il. Mais vous n'échapperez pas au sort commun : Hudson[1] a été réveillée; elle m'a réveillé; à mon tour je vous réveille.

– Qu'est-ce qui se passe? Le feu?

– Non, pas le feu; une cliente. Il paraît qu'une jeune dame vient d'arriver, très excitée, et qui insiste pour me voir immédiatement. Elle m'attend dans le salon. Lorsque de jeunes dames se promènent en ville à une heure aussi matinale, et qu'elles tirent d'honnêtes gens de leurs lits, je crois qu'elles ont quelque chose d'urgent à communiquer. En admettant qu'il s'agisse d'une affaire intéressante, vous ne demanderiez pas mieux, je pense, que de la suivre dès le début. Voilà pourquoi je vous ai dérangé : pour vous donner une chance.

– Mon cher ami, je m'en voudrais de la rater!»

Rien ne me plaisait plus que de coller à Holmes pendant ses enquêtes; j'admirais la rapidité de sa logique : tellement prompte qu'elle rivalisait avec l'intuition; elle déroulait toujours ses propositions en partant d'une base solide, grâce à quoi il débrouillait les problèmes les plus compliqués qui étaient soumis à sa sagacité d'analyste. En quelques minutes je fus habillé, et prêt à accompagner mon ami dans le salon. Une dame vêtue de noir et dont le visage était caché par une voilette épaisse se leva quand nous entrâmes.

«Bonjour, madame! dit Holmes aimablement. Je m'appelle Sherlock Holmes, et voici mon confrère et ami le docteur Watson.

---

1. *Hudson* : nom de la femme chargée des tâches ménagères dans l'appartement de Sherlock Holmes et de Watson.

Vous pouvez parler aussi librement devant lui que devant moi...
Ah ! je suis content que Mme Hudson ait eu la bonne idée d'allumer le feu ! Asseyez-vous près de la cheminée. Je vais commander pour vous une tasse de café, car vous frissonnez.

– Ce n'est pas le froid qui me fait frissonner ! répondit la dame d'une voix étouffée tout en changeant de siège comme on l'en avait priée.

– Quoi donc alors ?

– La peur, monsieur Holmes. Je suis terrorisée ! »

Elle releva sa voilette, et nous fûmes à même de constater qu'elle se trouvait énervée à un degré pitoyable : ses traits étaient tirés, sa peau grise ; ses yeux agités trahissaient l'épouvante ; on aurait dit un animal traqué. Elle semblait avoir une trentaine d'années, mais ses cheveux avaient prématurément grisonné ; elle donnait l'impression d'une femme épuisée, égarée. Sherlock Holmes lui dédia un regard aussi pénétrant que compréhensif.

« Vous ne devez plus avoir peur ! dit-il doucement, en se penchant vers elle pour tapoter sur son bras. Nous allons vite arranger cette affaire, j'en suis certain... Vous êtes arrivée par le train ce matin, n'est-ce pas ?

– Vous me connaissez donc ?

– Non, mais je remarque un billet de retour dans la paume de votre gant gauche. Et vous avez dû partir de bonne heure. Et vous avez fait une longue course en cabriolet, sur de mauvaises routes, avant d'atteindre la gare. »

La dame sursauta, et considéra mon camarade avec ahurissement.

« Ne cherchez aucun mystère, chère madame ! dit-il en souriant. Sur la manche gauche de votre veste, il y a ces taches de boue, très fraîches. Le seul moyen de transport qui projette ainsi de la boue est un cabriolet ; et je suis sûr que vous étiez assise à gauche du cocher.

– Vous avez raison, dit-elle. J'ai quitté la maison avant six heures, je suis arrivée à Leatherhead vers six heures vingt, et j'ai pris le premier train pour Londres. Monsieur, je n'en peux plus : je deviendrai folle si ça continue ! Je n'ai personne vers qui me tourner. Personne ! sauf quelqu'un, qui me témoigne de l'intérêt, mais qui ne peut guère me secourir, le pauvre ! J'ai entendu parler de vous, monsieur Sherlock Holmes. C'est Mme Farintosh qui m'a parlé de vous : vous l'avez aidée lorsqu'elle était en grand besoin de l'être. C'est elle qui m'a indiqué votre adresse. Oh ! monsieur ! ne croyez-vous pas que vous pourriez m'aider aussi ? Si seulement je pouvais voir un petit peu plus clair dans la nuit où je me débats ! Pour l'instant, il m'est impossible de vous offrir quoi que ce soit pour le service que vous me rendriez. Mais dans un mois ou deux je serai mariée, je pourrai disposer de mes revenus, et je vous jure que vous n'aurez pas obligé une ingrate ! »

Holmes alla vers son bureau, ouvrit un tiroir et sortit un fichier qu'il consulta.

« Farintosh ! dit-il. Ah ! oui ! Je retrouve l'affaire de ce nom-là : il s'agissait d'un diadème avec des opales[1]... C'était avant notre association, Watson. Je vous dirai simplement, madame, que je serai heureux de m'occuper de vous et que j'apporterai à votre cas autant de diligence qu'à celui de votre amie. Quant à mes honoraires, mon métier lui-même comporte toutes sortes de récompenses. S'il entre dans vos intentions de me défrayer des dépenses que je pourrais avoir à supporter, alors vous me réglerez quand cela vous sera le plus facile, voilà tout. Pour l'instant, je vous serais reconnaissant de bien vouloir exposer tous les faits qui pourraient m'aider à former une opinion sur votre affaire.

– Hélas ! répondit notre visiteuse. Ce qui fait l'horreur de ma situation est que mes craintes sont très imprécises, et que mes soupçons ne sont fondés que sur de tout petits détails qui, à quelqu'un d'autre, paraîtraient insignifiants. La personne, par exemple, dont je souhaiterais tirer de l'aide et un avis, de préférence à qui que ce soit au monde, prend mes récits pour les lubies d'une femme trop

---

1. Opales : pierres précieuses.

nerveuse. Il ne me le dit pas aussi nettement que cela, mais je le devine d'après le ton lénitif[1] de sa voix, ou d'après son regard qui fuit... On m'a affirmé, monsieur Holmes, que vous étiez capable de voir loin dans la méchanceté du cœur humain : en ce cas, vous pourriez me guider parmi les dangers qui guettent chacun de mes pas.

– Je vous écoute très attentivement, madame.

– Je m'appelle Hélène Stoner, et je vis avec mon beau-père, qui est le dernier survivant de l'une des plus vieilles familles saxonnes de l'Angleterre, les Roylott de Stoke Moran, à l'extrémité ouest du Surrey. »

Holmes hocha la tête :

«C'est un nom connu, dit-il.

– Autrefois, cette famille comptait parmi les plus riches de l'Angleterre ; son domaine s'étendait jusque dans le Berkshire vers le nord et dans le Hampshire vers l'ouest. Au siècle dernier, cependant, quatre héritiers successifs dilapidèrent les biens, et la ruine de la famille fut consommée à l'époque de la Régence par un joueur. Tout ce qui fut sauvé se résume à quelques hectares et à une maison, qui a deux cents ans et qui est écrasée par une lourde hypothèque. Le dernier propriétaire y traîna une existence misérable : celle d'un aristocrate ruiné. Mais son fils unique, mon beau-père, comprit qu'il devait s'adapter à de nouvelles conditions de vie : il obtint un prêt de l'un de ses proches, réussit dans ses études de médecine et alla s'établir à Calcutta ; à force de persévérance et grâce à ses qualités professionnelles, il se fit une importante clientèle. Toutefois, dans un accès de colère, et sous le prétexte que quelques vols avaient été commis dans sa maison, il battit à mort son majordome, un indigène, et il échappa de peu à la peine capitale. Il demeura de longues années en prison, puis il regagna l'Angleterre : ce n'était plus qu'un homme aigri, un raté.

«Pendant que le docteur Roylott était aux Indes, il avait épousé ma mère, Mme Stoner, jeune veuve du major-général

---

1. *Lénitif* : apaisant.

Stoner, de l'artillerie du Bengale. Ma sœur Julie et moi étions jumelles, et nous n'avions que deux ans lorsque notre mère se remaria. Elle jouissait d'une fortune considérable, ses revenus s'élevaient à près d'un millier de livres par an. Elle avait tout légué au docteur Roylott pendant que nous vivions avec lui, sous la réserve d'une disposition aux termes de laquelle une certaine somme devait nous être versée annuellement en prévision de notre mariage. Peu après notre retour en Angleterre, ma mère mourut : elle fut victime, voici huit ans, d'un accident de chemin de fer près de Crewe. Le docteur Roylott abandonna alors son idée de s'établir à Londres et il nous emmena dans la maison de ses ancêtres à Stoke Moran. Ma mère nous avait laissé suffisamment d'argent pour nos besoins : tout semblait indiquer que les soucis nous épargneraient.

« Mais un terrible changement s'opéra bientôt en notre beau-père. Au lieu de nouer des relations d'amitié avec nos voisins, qui s'étaient tous réjouis de revoir un Roylott de Stoke Moran dans la vieille maison, il s'enferma chez lui ; il ne sortit guère que pour se prendre de querelle avec quiconque paraissait devoir ne pas lui céder le pas. Dans les hommes de cette famille, la violence du tempérament poussée jusqu'à la manie était héréditaire ; pour ce qui était de mon beau-père, une telle disposition n'avait pu que s'amplifier sous les tropiques. Une série de rixes [1] peu honorables se produisit : deux d'entre elles eurent leur épilogue devant le tribunal correctionnel. Il devint la terreur du village ; les gens s'enfuyaient à son approche, car il est d'une force herculéenne et il ne se contrôle pas quand il est en colère.

« La semaine dernière, il jeta le maréchal-ferrant par-dessus le parapet du pont dans la rivière ; j'ai dû donner tout l'argent dont je disposais pour éviter une nouvelle comparution en justice. Ses seuls amis sont les Bohémiens : il les autorise à camper sur ses terres envahies par les ronces, et il accepte parfois l'hospitalité de

---

1. *Rixes* : bagarres violentes dans les lieux publics.

leurs tentes, il va même jusqu'à faire route avec eux certaines fins de semaine. Il a aussi une passion pour les animaux des Indes ; un correspondant lui en envoie régulièrement. En ce moment il a un guépard et un babouin en liberté dans son domaine : ces bêtes autant que leur maître terrorisent les villageois.

« Vous pouvez déduire de tout cela que ma pauvre sœur Julie et moi-même n'étions guère heureuses. Les domestiques ne voulaient pas rester chez nous : pendant longtemps nous avons été obligées de faire tout le travail de la maison. Julie n'avait pas trente ans lorsqu'elle mourut, et cependant ses cheveux avaient commencé à blanchir, comme les miens sont en train de le faire.

– Votre sœur est morte, donc ?

– Oui. Il y a de cela juste deux ans. Et c'est de sa mort que je voudrais vous parler à présent. Vous comprenez que, menant l'existence que je vous ai dépeinte, nous ne voyions guère de gens de notre âge ou de notre rang. Pourtant nous avions une tante, une sœur non mariée de ma mère, Mlle Honoria Westphail, qui habite près de Harrow, et nous obtenions de temps en temps la permission d'aller la voir. Il y a deux ans, pour Noël, Julie se rendit chez elle et elle fit la connaissance d'un major de la marine ; ils se fiancèrent. Quand ma sœur rentra à la maison, elle apprit à notre beau-père ses fiançailles, et il n'éleva aucune objection. Mais quinze jours avant la date fixée pour les noces, un terrible événement me priva de ma seule amie. »

Sherlock Holmes s'était enfoncé dans son fauteuil et, la tête posée sur un coussin, il avait fermé les yeux. Mais à ce point du récit, il entrouvrit les paupières et jeta un bref coup d'œil à notre visiteuse.

« Soyez bien précise dans les détails ! murmura-t-il.

– Oh ! cela ne me sera pas difficile ! Tout est resté gravé dans ma mémoire... Je vous ai déjà dit que notre manoir était très vieux ; une seule aile est habitée. Dans cette aile, les chambres à coucher sont au rez-de-chaussée, car les salons se trouvent dans la partie centrale du bâtiment. La première de ces chambres à coucher est celle du docteur Roylott, la seconde était celle de ma sœur, la troisième la mienne. Entre elles, pas de communications directes, mais toutes trois donnent sur le même couloir. Suis-je assez claire ?

– Parfaitement claire.

– Les fenêtres de ces trois chambres ouvrent sur le jardin. Cette nuit-là, le docteur Roylott s'était retiré de bonne heure ; mais nous savions qu'il ne dormait pas, car ma sœur avait été incommodée par l'odeur des cigares de l'Inde, très forts, qu'il fumait habituellement, et elle avait quitté sa chambre pour passer dans la mienne : nous avions bavardé sur son proche mariage. Vers onze heures elle s'était levée pour partir, mais au moment d'ouvrir la porte elle s'était arrêtée et avait regardé derrière elle.

« "Dis, Hélène, tu n'as jamais entendu quelqu'un siffler quand il fait nuit noire ?

« – Jamais ! lui répondis-je.

« – Je suppose que, pendant ton sommeil, tu ne pourrais pas te mettre à siffler, n'est-ce pas ?

« – Certainement pas, Julie. Mais pourquoi ?

« – Parce que ces dernières nuits j'ai entendu, toujours vers les trois heures du matin, et distinctement, un sifflement à demi étouffé. J'ai le sommeil léger, et ce sifflement m'a réveillée. Je ne puis pas te dire d'où il provient : peut-être d'à côté, peut-être du jardin. Je me demandais si tu ne l'avais jamais entendu.

« – Non. Jamais. Ce doit être ces maudits romanichels[1] sous les arbres.

« – Vraisemblablement. Pourtant si cela venait du jardin, tu l'aurais bien entendu aussi.

« – J'ai le sommeil moins léger que toi !

« – Oh ! peu importe après tout !"

« Elle me sourit, sortit, referma ma porte, et je l'entendis verrouiller la porte de sa chambre.

---

1. *Romanichels* : bohémiens. Le mot a un sens péjoratif.

– Vraiment ? interrogea Holmes. Aviez-vous l'habitude de vous enfermer ainsi la nuit ?
– Chaque nuit.
– Et pourquoi ?
– Je crois que je vous ai parlé du babouin et du guépard du docteur Roylott. Nous ne nous sentions en sécurité que lorsque nos verrous étaient mis.
– Parfait ! Poursuivez, je vous prie.
– Cette nuit-là je ne parvenais pas à m'endormir. Un pressentiment me troublait. Je vous rappelle que nous étions jumelles, ma sœur et moi, et vous savez combien sont forts et subtils ces liens que tresse la nature. C'était d'ailleurs une nuit affreuse : le vent hurlait, la pluie battait les vitres. Soudain, parmi tout le vacarme de la tempête jaillit le hurlement sauvage d'une femme dans l'épouvante. Je reconnus la voix de ma sœur. Je sautai à bas de mon lit, m'enveloppai d'un châle, et me précipitai dans le couloir. Au moment où j'ouvris ma porte, il me sembla entendre le sifflement étouffé que ma sœur m'avait décrit, puis une ou deux secondes plus tard un son métallique comme si un lourd objet de métal était tombé. Tandis que je courais dans le couloir, la porte de ma sœur s'ouvrit, et tourna lentement sur ses gonds. Frappée d'horreur je regardai, je ne savais qui allait sortir. Puis la silhouette de Julie se profila dans la lumière de la lampe du couloir, sur le seuil : la terreur avait retiré tout le sang de son visage ; elle agita les mains pour appeler à l'aide ; sa tête se balançait comme si elle était ivre. Je m'élançai, glissai mes bras autour d'elle pour la soutenir, mais ses genoux se plièrent, et elle s'effondra par terre. Elle était secouée de convulsions comme quelqu'un qui souffre effroyablement, et son corps était arqué. D'abord je crus qu'elle ne m'avait pas reconnue, mais quand je me penchai sur elle, elle me cria d'une voix que je n'oublierai jamais : "Oh ! mon Dieu ! Hélène ! Le ruban ! Le ruban moucheté !" Il y avait autre chose qu'elle aurait voulu me dire, et elle pointa du doigt vers la chambre du docteur Roylott ; à ce moment un nouveau spasme la

saisit et lui retira le pouvoir de parler. Je me ruai vers la chambre de mon beau-père en l'appelant de toutes mes forces : il sortait hâtivement en enfilant sa robe de chambre. Quand il arriva auprès de ma sœur, elle avait perdu connaissance ; il desserra ses dents pour lui faire avaler un peu de cognac ; il eut beau envoyer chercher le médecin du village, elle sombra lentement dans le coma et elle mourut sans revenir à elle. Voilà comment je perdis ma sœur bien-aimée.

– Un instant ! dit Holmes. Êtes-vous sûre d'avoir entendu le sifflement et le bruit métallique ? Pourriez-vous le jurer ?

– Ce fut ce que me demanda la coroner[1] pendant l'enquête. J'ai vraiment l'impression d'avoir entendu cela ; toutefois, avec le déchaînement de la tempête et tous les craquements dans cette vieille maison, il se peut que je me sois trompée.

– Votre sœur était-elle habillée ?

– Non. Elle était en chemise de nuit. Dans sa main droite, elle tenait un bout d'allumette consumée ; dans sa main gauche, une boîte d'allumettes.

– Ce qui indique que quand quelque chose l'a alarmée, elle a allumé une allumette et a regardé autour d'elle. C'est important. Et quelles conclusions a tirées le coroner ?

– Il a mené l'enquête avec une grande minutie, car l'inconduite du docteur Roylott était depuis longtemps notoire dans le pays, mais il a été incapable de trouver une cause plausible du décès. Mon témoignage a indiqué que la porte avait été verrouillée de l'intérieur, que les fenêtres étaient protégées par de vieilles persiennes pourvues de grosses barres de fer et fermées chaque nuit. Les murs ont été sondés avec soin : ils ont paru d'une solidité à toute épreuve ; le plancher a été pareillement examiné, et sans résultat. La cheminée est large, mais elle est barrée par quatre gros crampons. Il est certain, par conséquent, que ma sœur était seule

---

1. *Coroner* : officier de police judiciaire dans les pays anglo-saxons.

quand elle trouva la mort. Par ailleurs on ne décela sur son corps aucune trace de violence.

— Et a-t-il été question d'empoisonnement ?

— Les médecins y ont songé ; mais leur examen a été négatif.

— Selon vous, de quoi donc a pu mourir cette malheureuse jeune fille ?

— Je crois qu'elle est morte de frayeur, d'un choc nerveux. Mais qu'est-ce qui l'a effrayée ? voilà ce que je ne puis imaginer.

— Y avait-il des romanichels dans le domaine cette nuit-là ?

— Oui, il y en a toujours, ou presque toujours, dans le domaine.

— Ah ! et comment interprétez-vous l'allusion au ruban moucheté ?

— Tantôt je crois qu'elle délirait, tantôt je me demande si elle ne désignait pas les Bohémiens : peut-être les mouchoirs multicolores dont ils serrent leurs têtes lui avaient-ils suggéré cet étrange adjectif... »

Holmes secoua la tête : visiblement cette explication ne le satisfaisait pas.

« Nous nageons dans des eaux très profondes ! fit-il. Voulez-vous continuer votre récit ?

— Deux années s'écoulèrent ensuite, et jusqu'à ces tout derniers temps ma vie n'avait jamais été plus solitaire. Il y a un mois, un ami très cher, que je connais depuis longtemps, m'a fait l'honneur de me demander ma main. Il s'appelle Armitage. Percy Armitage ; c'est le deuxième fils de M. Armitage, de Crane Water, près de Reading. Mon beau-père a donné son accord à ce projet : nous devons nous marier dans le courant du printemps. Avant-hier, quelques réparations ont été entreprises dans l'aile ouest du manoir, le mur de ma chambre a été percé, si bien que je me suis vue dans l'obligation de me transporter dans la pièce où mourut ma sœur, et de dormir dans le lit qui fut le sien. Imaginez mon épouvante quand, la nuit dernière, ne dormant pas et méditant sur la terrible fin de Julie, j'entendis subitement dans le silence de la nuit le sifflement étouffé qui avait précédé sa mort. Je bondis du lit et allumai la lampe, mais en vain : je ne vis rien. J'avais trop peur pour me remettre au lit ; aussi je m'habillai ; et dès que l'aube vint, je me glissai dehors, pris un cabriolet à l'auberge de la Couronne, juste en face de la maison, et j'ai roulé vers Leatherhead, d'où j'arrive, dans le seul but de vous voir et de vous demander conseil.

– Vous avez bien fait ! opina mon ami. Mais m'avez-vous tout dit ?

– Oui. Tout.

– Non, mademoiselle Stoner, vous ne m'avez pas tout dit. Vous couvrez votre beau-père.

– Quoi ! Que voulez-vous dire ? »

Pour toute réponse, Holmes releva le petit volant de dentelle noire qui recouvrait le poignet de notre visiteuse. Cinq petites taches livides s'y étalaient : indubitablement les marques de quatre doigts et d'un pouce.

« Il vous traite bien cruellement ! » dit Holmes.

Hélène Stoner rougit et recouvrit son poignet :

« C'est un homme dur, murmura-t-elle. Il ne connaît pas sa force. »

Un long silence s'ensuivit ; Holmes, le menton appuyé sur les mains, regardait brûler le feu.

« Voilà une affaire très complexe, dit-il enfin. Il y a des milliers de détails sur lesquels je voudrais bien être fixé avant de décider d'un plan d'action. Mais nous n'avons pas un moment à perdre. Si nous nous rendions aujourd'hui à Stoke Moran, pourrions-nous voir ces chambres sans que votre beau-père le sache ?

– Justement il a parlé d'une course importante qu'il doit faire aujourd'hui en ville. Il est vraisemblable qu'il sera absent toute la journée et qu'il ne vous dérangera pas. Nous avons une bonne à présent, mais c'est une vieille femme un peu folle ; je pourrai très bien la tenir à l'écart.

– Bien. Pas d'opposition à cette excursion, Watson ?

– Aucune opposition !

– Alors nous viendrons tous les deux. Que faites-vous maintenant ?

– Une ou deux emplettes ; je vais en profiter puisque je suis à Londres. Mais je serai de retour à temps pour vous accueillir : je prendrai le train de midi.

– Nous arriverons au début de l'après-midi. Moi-même j'ai ma matinée occupée par quelques affaires. Vous ne voulez pas que je vous fasse servir le petit déjeuner ?

– Non, merci ! Je me sens tellement plus légère depuis que je vous ai confié ce que j'avais sur le cœur. Je veillerai à ce que tout soit en ordre pour vous recevoir cet après-midi. »

Elle rajusta sa voilette noire et sortit.

« Qu'est-ce que vous pensez de tout cela, Watson ? demanda Sherlock Holmes en se renfonçant dans son fauteuil.

– Il me semble qu'il s'agit d'une affaire sombre et sinistre, non ?

– Assez sombre, et assez sinistre, oui !

– Toutefois si cette dame ne se trompe pas quand elle assure que le plancher et les murs ont été sondés, et que la porte, la fenêtre et la cheminée sont infranchissables, alors sa sœur était certainement seule quand elle a trouvé cette mort mystérieuse.

– Que faites-vous, dans ce cas, des sifflements nocturnes et des dernières paroles, très bizarres, de la mourante ?

– Rien. Je ne peux rien dire.

– Quand vous combinez les idées de sifflements pendant la nuit, de la présence d'une bande de romanichels très liés avec ce vieux docteur, le fait que nous avons toutes raisons de penser que ledit docteur est intéressé à empêcher le mariage de sa belle-fille, l'allusion de la mourante à un ruban, et finalement le fait que Mlle Hélène Stoner a entendu un bruit métallique, lequel pourrait avoir été causé par la chute de l'une de ces barres de fer qui protègent les persiennes et qui serait revenue à sa place, je crois qu'il y a de fortes chances pour que l'énigme tourne autour de ces bases.

– Mais qu'ont fait les Bohémiens, alors ?

– Je ne peux pas l'imaginer encore.

– Je vois poindre beaucoup d'objections contre une telle théorie…

– Moi aussi ! Et voilà pourquoi nous allons partir dès aujourd'hui pour Stoke Moran. Je veux m'assurer si ces objections ont un caractère inéluctable, ou si elles peuvent être levées d'une façon quelconque. Mais qu'est-ce qui se passe, de par le diable ? »

Cette exclamation avait été arrachée à mon camarade qui avait vu sa porte s'ouvrir brutalement et un géant apparaître sur le seuil. Il était habillé d'une curieuse manière : à la fois comme un notaire et comme un paysan ; il était coiffé d'un haut-de-forme noir, et portait une longue redingote, des guêtres hautes, et il balançait entre ses doigts un stick de chasse. Il était si grand que son chapeau essuyait le cadre supérieur de la porte, que sa corpulence bouchait complètement. Un visage gras, barré de mille rides, brûlé par le soleil, marqué par les pires passions, se tournait alternativement vers Holmes et vers moi ; il avait des yeux enfoncés, bilieux ; son nez décharné, haut et effilé, lui donnait l'air d'un vieil oiseau de proie.

« Lequel de vous est Holmes ? interrogea l'apparition.

– Moi, monsieur. J'attends que vous vous présentiez, répondit calmement mon camarade.

– Je suis le docteur Grimesby Roylott, de Stoke Moran.

– Vraiment, docteur ? dit Holmes avec un grand sang-froid. Prenez un siège, je vous prie.

– Pas de ça ! Ma belle-fille sort d'ici. Je l'ai suivie. Qu'est-ce qu'elle vous a dit ?

– Vous ne trouvez pas qu'il fait un peu trop froid pour cette époque de l'année ? demanda Holmes.

– Qu'est-ce qu'elle vous a dit ? hurla le vieillard.

– Mais on m'a affirmé que les crocus étaient pleins de promesses ! poursuivit mon compagnon, impassible.

– Ah ! vous voulez vous débarrasser de moi ? grommela notre visiteur en marchant sur nous avec des moulinets de son stick. Je vous connais, espèce de coquin ! J'ai déjà entendu parler de vous : Holmes le touche-à-tout, hein ? »

Mon ami se borna à sourire.

« Holmes la mouche du coche[1] ? »

Son sourire s'élargit.

« Holmes le maître Jacques[2] de Scotland Yard… »

Holmes gloussa de joie :

« Votre conversation est passionnante, docteur ! dit-il. Mais quand vous sortirez, fermez donc la porte s'il vous plaît, à cause des courants d'air.

– Je partirai quand je voudrai ! N'ayez pas l'audace de vous mêler de mes affaires ! Je sais que Mlle Stoner est venue ici… Je l'ai suivie ! Méfiez-vous : je suis dangereux quand on m'attaque ! »

Il bondit en avant, s'empara du tisonnier et le courba entre ses grosses mains marron.

« Veillez bien à vous tenir à l'écart de mon chemin ! » menaça-t-il.

Il rejeta dans la cheminée le malheureux tisonnier tordu, et quitta la pièce.

« Très homme du monde ! fit Holmes en riant. Je ne suis pas tout à fait aussi massif, mais s'il était resté, je lui aurais volontiers démontré que je n'avais pas une poigne moins redoutable que la sienne. »

Tout en parlant, il avait rattrapé le tisonnier, et, d'un seul coup, il le redressa.

---

1. *La mouche du coche* : personne importune qui intervient dans les affaires d'autrui. Voir la fable de La Fontaine, *Le Coche et la Mouche*.
2. *Maître Jacques* (du nom d'un personnage de *L'Avare* de Molière) : personne qui s'occupe un peu de tout, en particulier des tâches sans importance.

« Comme si j'allais me laisser prendre à son insolence ! Peu importe qu'il me confonde, ou non, avec la police officielle : cet incident donne du piquant à notre enquête ! J'espère simplement que notre petite amie n'aura pas à se repentir de l'imprudence qu'elle a commise en n'empêchant pas cette brute de la suivre. Maintenant, Watson, prenons notre petit déjeuner ! Après quoi j'irai dans un endroit où je compte avoir des informations utiles. »

Il était près d'une heure quand Sherlock Holmes rentra de sa promenade. Il tenait à la main une feuille de papier bleu, barbouillée de notes et de dessins.

« J'ai vu le testament de la défunte épouse de Roylott, me dit-il. Pour déterminer sa signification exacte, j'ai dû calculer la valeur actuelle des divers placements. Le revenu de l'ensemble, qui à l'époque du décès de cette femme atteignait presque onze cents livres, n'est plus aujourd'hui en raison de la chute des prix agricoles que légèrement supérieur à sept cent cinquante livres. Chaque fille, si elle se marie, peut revendiquer un revenu de deux cent cinquante livres. Il est évident que si les deux filles s'étaient mariées, leur beau-père n'aurait plus eu qu'une maigre pitance à se mettre sous la dent ! Et même le mariage d'une seule d'entre elles aurait été une source de gêne. Mon travail de ce matin n'a pas été inutile puisque j'ai acquis la preuve qu'il avait de bonnes raisons pour s'opposer à un mariage. Watson, ceci est trop grave pour que nous lambinions ! Le vieillard sait que nous nous intéressons à ses affaires ; si vous êtes prêt, nous allons fréter un fiacre et nous faire conduire à la gare de Waterloo. Je vous serais reconnaissant de bien vouloir glisser votre revolver dans l'une de vos poches. Un Eley 2 [1] est un argument sans réplique quand on a affaire à des gentlemen qui font des nœuds avec mon tisonnier. Votre revolver et nos brosses à dents, je crois que ce sera assez. »

---

1. *Eley 2* : marque de revolver.

À Waterloo, nous eûmes la chance d'attraper un train pour Leatherhead ; là, nous louâmes un cabriolet à l'auberge de la gare et pendant six ou sept kilomètres nous roulâmes dans la charmante campagne du Surrey. Il faisait magnifiquement beau : un gai soleil, et seulement quelques nuages cotonneux dans le ciel. Sur les arbres et sur les haies qui bordaient notre route, les premiers bourgeons verdissaient ; la terre exhalait une délicieuse odeur d'humidité. Moi au moins, je goûtais l'étrange contraste entre ces exquises promesses du printemps et la sinistre recherche où nous nous étions engagés. Mais mon ami avait baissé son chapeau sur ses yeux et posé son menton sur sa poitrine : il était plongé dans les réflexions les plus profondes. Soudain il me tapa sur l'épaule et me désigna quelque chose dans la plaine :

« Regardez par là ! »

Un parc très fourni descendait le long d'une pente douce ; à son point le plus élevé, les arbres constituaient un bosquet. Au milieu des branches, nous aperçûmes les gris pignons et le toit d'une vieille maison.

« Stoke Moran ? demanda-t-il.

– Oui, monsieur. C'est la demeure du docteur Grimesby Roylott, répondit le cocher.

– C'est bien là qu'il y a un bâtiment en réparation, n'est-ce pas ? Vous nous y arrêterez.

– Voilà le village, dit le conducteur en indiquant un rassemblement de toits sur la gauche. Mais si vous voulez aller au manoir, vous feriez mieux de grimper le raidillon et de prendre le raccourci à travers champs. Voyez-vous, une dame s'y promène.

– La dame, c'est, je suppose, Mlle Stoner ? dit Holmes. Oui, je crois que vous avez raison. »

Nous descendîmes, après avoir payé le prix de notre course, et le cabriolet reprit la route de Leatherhead.

« C'est aussi bien, reprit Holmes tandis que nous gravissions le raidillon, que ce type s'imagine que nous sommes des architectes :

la langue le démangera moins... Bon après-midi, mademoiselle Stoner ! Vous voyez que nous avons tenu parole. »

Notre cliente du matin avait couru au-devant de nous, et la joie illuminait son visage :

« Je vous attendais avec tant d'impatience ! cria-t-elle en nous serrant chaleureusement les mains. Tout est pour le mieux : le docteur Roylott est allé en ville ; il y a peu de chances pour qu'il soit de retour avant ce soir tard.

– Nous avons eu le plaisir de faire sa connaissance », dit Holmes.

En quelques mots, il mit notre interlocutrice au courant des faits. Mlle Stoner blêmit.

« Mon Dieu ! s'écria-t-elle. Il m'a donc suivie ?

– Selon toute apparence, oui.

– Il est si rusé que je ne sais jamais s'il me surveille ou non. Que va-t-il me dire à son retour ?

– Il faudra qu'il commence à se méfier ! car il pourrait bien se trouver face à face avec quelqu'un de plus malin que lui. Ce soir, vous vous enfermerez. S'il veut user de violence, nous vous conduirons chez votre tante à Harrow... Pour l'instant, il s'agit d'utiliser au mieux le temps qui nous est imparti : voudriez-vous nous conduire dans les chambres ? »

Le bâtiment était en pierres grises, avec des murs parsemés de mousse ; la partie centrale était élevée, les deux ailes incurvées, comme des pinces de crabe étalées de chaque côté. Dans l'une des ailes, les vitres étaient cassées, et des madriers[1] bloquaient les fenêtres ; le toit révélait une crevasse ; en somme, c'était le château de la ruine.

La partie centrale avait été vaguement restaurée ; le bloc de droite faisait même presque neuf ; des stores aux fenêtres et la fumée bleuâtre qui s'échappait des cheminées indiquaient que la famille résidait là. Une sorte d'échafaudage avait été dressé contre

---

1. *Madriers* : pièces de bois très épaisses.

l'extrémité du mur, et il y avait bien un trou dans la pierre, mais lors de notre inspection nous n'aperçûmes aucun ouvrier. Holmes marchait lentement dans le jardin mal entretenu, et il examina très attentivement l'extérieur des fenêtres.

« Celle-ci, je crois, est la fenêtre de la chambre où vous dormiez habituellement ; celle du centre est celle de la chambre de votre sœur ; la dernière, près du bâtiment central, est celle de la chambre du docteur Roylott ?

– Oui. Mais je dors à présent dans la chambre du milieu.

– Tant que dureront les travaux, je suppose ? Au fait, ils ne me paraissent pas bien urgents, ces travaux ?

– Aucune réparation n'était immédiatement nécessaire. Je crois qu'il s'agit là d'un prétexte pour m'obliger à changer de chambre.

– Ah ! ah ! cette suggestion est à retenir... Sur l'autre côté de cette aile s'étend le couloir sur lequel ouvrent les trois portes, n'est-ce pas ? Mais il y a aussi des fenêtres qui donnent sur le couloir ?

– Oui, mais elles sont très petites : trop étroites pour livrer le passage à quelqu'un.

– Donc, comme vous vous enfermiez toutes les deux la nuit, vos chambres étaient inabordables de ce côté-là. Je vous demanderai maintenant d'avoir la bonté de nous mener à votre chambre et de mettre les barres aux persiennes. »

Mlle Stoner s'exécuta. Holmes, après avoir soigneusement regardé par la fenêtre ouverte, s'efforça d'ouvrir les persiennes de l'extérieur, mais il n'y parvint pas. Il ne découvrit aucune fente par où un couteau aurait pu se glisser pour soulever la barre. À l'aide de sa loupe, il examina les charnières ; elles étaient en fer solide, solidement encastrées dans la maçonnerie massive.

« Hum ! fit-il en se grattant le menton avec perplexité. Ma théorie se heurte à quelques difficultés ; quand ces persiennes sont fermées avec la barre, personne ne peut s'introduire par la fenêtre... Bien : allons voir si l'intérieur apportera plus d'atouts à notre jeu. »

Une petite porte latérale nous conduisit dans le couloir. Holmes refusa de s'intéresser à la troisième chambre, et nous pénétrâmes dans la deuxième, celle où couchait à présent Mlle Stoner et où sa sœur avait trouvé la mort. C'était une pièce modeste, exiguë : le plafond était bas et la cheminée béante, comme dans beaucoup de vieilles maisons de campagne. Une commode claire occupait un coin ; un lit étroit avec une courtepointe blanche en occupait un autre ; à gauche de la fenêtre, il y avait une table de toilette. Ces meubles, plus deux petites chaises cannées et un tapis carré au centre, composaient le décor. Les poutres et les panneaux des murs étaient en chêne mangé aux vers ; ils paraissaient dater de la construction même de la maison. Holmes tira une chaise dans un coin, s'assit et silencieusement inspecta chaque détail de la pièce pour les graver dans sa mémoire.

« Où sonne cette sonnette ? demanda-t-il en désignant un gros cordon à sonnette qui pendait à côté du lit, avec le gland posé sur l'oreiller.

– Dans la chambre de bonne.

– Elle a été récemment installée, on dirait…

– Oui ; elle l'a été voici trois ou quatre ans.

– C'est votre sœur qui l'avait réclamée ?

– Non. Je ne crois pas qu'elle s'en soit jamais servie. Nous avions pris l'habitude de nous débrouiller sans domestique.

– Vraiment, je ne vois pas la nécessité d'un aussi joli cordon de sonnette… Excusez-moi, mais je voudrais m'occuper du plancher. »

Il se mit à quatre pattes, le visage contre terre, ou plutôt collé à la loupe qu'il promenait sur le plancher. Il examina avec le plus grand soin les interstices entre les lames. Il procéda ensuite à l'inspection des panneaux de bois sur les murs. Enfin, il alla vers le lit et le considéra pendant quelques minutes ; son regard grimpa et redescendit le long du mur. Brusquement, il empoigna le cordon de sonnette et le tira.

« Tiens, c'est une fausse sonnette ! s'exclama-t-il.

– Elle ne sonne pas ?
– Non. Elle n'est même pas reliée à un fil. Très intéressant ! Regardez vous-même : le cordon est attaché à un crochet juste au-dessus de la petite ouverture de la bouche d'aération.
– C'est absurde ! mais je ne l'avais pas remarqué !
– Très étrange ! marmonna Holmes, pendu au cordon de sonnette. Il y a un ou deux détails bien surprenants dans cette chambre ! Par exemple, il faut qu'un architecte soit fou pour ouvrir une bouche d'aération vers une autre pièce, alors qu'il aurait pu, sans davantage de travail, l'ouvrir sur l'extérieur !
– Cela aussi est très récent, indiqua Mlle Stoner.
– Aménagé à la même époque que la sonnette ?
– Oui. Il y a eu diverses modifications légères apportées dans cette période-là.
– Curieuses, ces modifications ! Un cordon à sonnette qui ne sonne pas, un ventilateur qui ne ventile pas... Avec votre permission, mademoiselle Stoner, nous allons maintenant nous transporter dans l'autre chambre. »

La chambre du docteur Grimesby Roylott était plus grande que celle de sa belle-fille, mais elle n'était guère mieux meublée. Un lit de camp, une petite étagère chargée de livres pour la plupart d'un caractère technique, un fauteuil près du lit, une simple chaise en bois contre le mur, une table ronde et un gros coffre en fer étaient les principales choses qui frappaient le regard. Holmes fit le tour de la pièce en examinant chaque objet avec la plus grande attention.

« Qu'y a-t-il là-dedans ? demanda-t-il en posant sa main sur le coffre.
– Les papiers d'affaires de mon beau-père.
– Oh ! vous avez vu l'intérieur ?
– Une fois, il y a plusieurs années. Je me rappelle qu'il était plein de papiers.
– Il ne contient pas un chat, par hasard ?
– Un chat ? Non. Quelle idée...

– Parce que... Regardez ! »

Il montra un petit bol de lait qui était posé sur le coffre.

« Non, nous n'avons pas de chat. Mais il y a ici un guépard et un babouin.

– Ah ! oui, c'est vrai ! Après tout, un guépard ressemble à un gros chat ; mais un bol de lait ne lui suffirait guère, j'imagine ! Il y a un point que je voudrais bien éclaircir... »

Il s'accroupit devant la chaise en bois et en examina le siège de très près.

« Merci ! Voilà qui est réglé, dit-il en se relevant et en remettant sa loupe dans sa poche. Tiens ! quelque chose d'intéressant... »

L'objet qui avait capté son regard était une courte lanière pendue à un coin du lit. La lanière, cependant, était enroulée sur elle-même à une extrémité comme pour faire un nœud coulant.

« Qu'est-ce que vous en pensez, Watson ?

– C'est une laisse à chien assez banale. Mais je ne vois pas pourquoi ce nœud...

– Pas si banale que cela, n'est-ce pas ? Ah ! mon cher, le monde est bien méchant ! Et quand un homme intelligent voue au crime son intelligence, il devient le pire de tous !... Je crois que nous avons vu assez, mademoiselle Stoner. Si vous nous autorisez, nous ferons maintenant un tour de jardin. »

Jamais je n'avais vu sur mon ami une expression aussi farouche, ni aussi sombre, lorsque nous quittâmes le lieu de ses dernières investigations. Nous avions traversé à plusieurs reprises la pelouse, et ni mademoiselle Stoner ni moi n'avions osé interrompre le cours de ses méditations. Il sortit enfin de son silence :

« Il est absolument essentiel, mademoiselle Stoner, que vous suiviez à la lettre mes instructions.

– Je m'y conformerai certainement.

– L'affaire est trop grave pour nous permettre la moindre hésitation. Votre vie est en jeu : son sort dépend de la manière dont vous vous conformerez à mes conseils.

– Je vous assure que je m'en remets absolument à vous !

– Première chose : mon ami et moi-même devons passer la nuit dans votre chambre. »

Nous dévisageâmes Sherlock Holmes tous les deux avec une stupéfaction égale.

« Oui. Il le faut ! Laissez-moi vous expliquer. Je crois que l'auberge du village est par là ?

– Oui. L'auberge de la Couronne.

– Bien. Votre fenêtre est-elle visible de l'auberge ?

– Oui.

– Vous serez enfermée dans votre chambre quand votre beau-père rentrera : une migraine atroce ! Bon. Quand vous l'entendrez se coucher, vous ouvrirez les persiennes de votre fenêtre, vous déferez l'espagnolette[1], vous présenterez votre lampe ; ce sera un signal pour nous. Puis vous vous retirerez avec tout ce que vous désirez emporter dans la chambre où vous dormez habituellement. Malgré les travaux, vous pourrez bien y passer une nuit, n'est-ce pas ?

– Bien sûr !

– Pour le reste, laissez-nous faire.

– Mais que ferez-vous ?

– Nous passerons la nuit dans votre chambre, et nous identifierons la cause de ce bruit qui vous a tant épouvantée.

– Je crois, monsieur Holmes, que vous avez déjà une idée, dit Mlle Stoner en posant sa main sur la manche de mon ami.

– C'est en effet possible.

– Et... une idée précise ! Oh ! par pitié, dites-moi de quoi ma sœur est morte !

– Je préfère avoir des preuves formelles avant de vous le dire.

– Dites-moi au moins si j'ai eu raison de croire qu'elle est morte de peur !

– Non. Je ne crois pas que vous ayez raison. Je crois à une cause plus tangible. Mais pour l'instant, mademoiselle Stoner, il

---

1. *Espagnolette* : poignée tournante servant à ouvrir et à fermer une fenêtre.

faut que nous nous quittions : si votre beau-père revient et nous trouve ici, notre déplacement aura été inutile. Au revoir ! Et soyez courageuse, car si vous faites ce que je vous ai conseillé de faire, je vous promets que nous écarterons tous les dangers qui vous menacent ! »

Nous n'éprouvâmes aucune difficulté, Sherlock Holmes et moi, à louer une chambre et un salon à l'auberge de la Couronne. Cet « appartement » était situé au premier étage ; si bien que de notre fenêtre nous avions vue sur la porte d'entrée et sur l'aile habitée du manoir de Stoke Moran. À la nuit tombante, nous aperçûmes le docteur Grimesby Roylott qui franchissait le seuil de sa propriété ; sa haute silhouette semblait écraser celle du cocher qui le conduisait. Le cocher eut du mal à faire jouer les lourdes portes de fer, et nous entendîmes le rugissement du docteur : nous pûmes même le voir menacer de ses poings le malheureux conducteur. Puis la voiture se remit en marche ; quelques instants plus tard, une lumière brilla à travers les arbres : une lampe avait été allumée dans l'un des salons.

« Sérieusement, Watson ! me dit Holmes alors que nous étions en train de contempler la nuit. Savez-vous que j'ai quelques remords à vous avoir emmené ce soir ? Il y a certainement du danger dans l'air !

– Est-ce que je pourrai vous aider ?

– Votre présence peut se révéler déterminante.

– Alors je vous suivrai.

– C'est très chic de votre part.

– Vous avez parlé de danger… Évidemment vous avez vu dans ces chambres bien plus que je n'y ai vu moi-même !

– Non. Ce qui est possible, c'est que j'aie poussé mes déductions plus loin que vous. Mais nous avons vu les mêmes choses vous et moi.

– Je n'ai rien vu de particulier, sauf ce cordon à sonnette dont l'installation répond à un but que je suis incapable de définir.

– Vous avez vu aussi la bouche d'aération ?

– Oui. Mais je ne vois pas ce qu'il y a d'extraordinaire à établir une sorte de communication entre deux pièces : le trou est si petit qu'un rat pourrait à peine s'y glisser.

– Je savais, avant d'arriver à Stoke Moran, que nous trouverions une bouche d'aération.

– Mon cher Holmes !…

– Oui, oui, je le savais ! Rappelez-vous que dans la déclaration de Mlle Stoner, il y avait ce trait que sa sœur était incommodée par l'odeur des cigares du docteur Roylott. D'où la nécessité absolue d'une communication quelconque entre les deux chambres. Communication qui ne pouvait être que petite : sinon, elle aurait été repérée lors de l'enquête menée par le coroner. J'avais conclu qu'il s'agissait d'une bouche d'aération.

– Soit. Mais quel mal voyez-vous à cela ?

– Tout de même il y a d'étranges coïncidences de dates. Voici une bouche d'aération qui est aménagée, un cordon qui pend, et une demoiselle, couchée dans son lit, qui meurt. Ça ne vous frappe pas ?

– Je ne vois pas le lien.

– Vous n'avez rien observé de particulier à propos du lit ?

– Non.

– Il est chevillé au plancher. Avez-vous déjà vu un lit attaché ainsi ?

– Je ne crois pas.

– La demoiselle ne pouvait pas remuer son lit, le déplacer. Il devait par conséquent être maintenu toujours dans la même position par rapport à la bouche d'aération et au cordon, ou plutôt à la corde, puisque cet objet n'a jamais servi à sonner une cloche ou actionner une sonnerie.

– Holmes ! m'écriai-je. Il me semble que je devine obscurément le sens de vos paroles. Mon Dieu ! Nous sommes arrivés à temps pour empêcher un crime aussi subtil qu'horrible.

– Oui, plutôt subtil et plutôt horrible ! Quand un médecin s'y met, Watson, il est le pire des criminels. Il possède du sang-froid, et une science incontestable. Palmer et Pritchard faisaient partie de l'élite de leur profession… Cet homme les dépasse, pourtant ! Mais je crois, Watson, que nous serons plus forts que lui. Je crois aussi que, d'ici le lever du jour, nous ne manquerons pas de sujets d'horreur. Au nom du Ciel, fumons paisiblement une bonne pipe, et cherchons-nous pendant quelques moments des sujets de conversation plus agréables ! »

Vers neuf heures du soir, la lumière parmi les arbres s'éteignit, et l'obscurité se fit totale dans la direction du manoir. Deux heures s'écoulèrent avec une lenteur irritante ; puis tout à coup, comme sonnait onze heures, une lumière isolée jaillit faiblement juste en face de nous.

« Notre signal ! dit Holmes en sautant sur ses pieds. Il vient de la fenêtre du milieu. »

En sortant, nous prévînmes notre logeur que nous allions rendre une visite tardive à une connaissance dans les environs, et qu'il n'était pas impossible que nous y passions la nuit. Puis nous nous engageâmes sur la route noire ; un vent glacé nous fouettait le visage ; c'était sinistre ! Seule une maigre lueur jaune guidait notre marche à travers l'obscurité.

Nous pénétrâmes facilement dans le domaine, car le vieux mur d'enceinte était troué de nombreuses brèches. Nous avançâmes à travers les arbres, nous atteignîmes la pelouse, la franchîmes, et nous allions enjamber la fenêtre quand jaillit d'un bosquet de lauriers ce qui nous sembla être un enfant hideux tout tordu : il se lança sur la pelouse à quatre pattes et disparut dans la nuit.

« Seigneur ! murmurai-je. Vous avez vu, Holmes ? »

Pendant une seconde, Holmes resta figé de stupeur. Il avait posé sa main sur mon poignet et l'avait serré comme une tenaille. Puis il le lâcha, et il rit tout bas en me chuchotant à l'oreille :

« Charmante maison ! C'était le babouin… »

J'avais oublié les étranges manies du docteur. C'est vrai : il possédait un babouin, et aussi un guépard. Peut-être ce dernier bondirait-il sur nos épaules au moment où nous nous y attendrions le moins. J'avoue bien volontiers que je me sentis l'esprit plus libre quand, après avoir suivi l'exemple de Holmes et m'être déchaussé, je me trouvai dans la chambre à coucher. Sans un bruit, mon camarade referma les persiennes, remit la lampe sur la table et jeta un coup d'œil autour de la pièce. Tout était dans le même état que l'après-midi. Holmes se glissa auprès de moi, mit sa main en cornet contre mon oreille, et les seuls mots que je compris furent :

« Le moindre bruit peut nous être fatal. »

Je lui fis un signe de tête pour lui indiquer que j'avais entendu.

« Nous devons rester assis sans lumière. Il pourrait la voir par la bouche d'aération. »

Nouveau signe de tête.

« Ne vous endormez pas. Votre vie peut dépendre d'un moment d'inattention. Mettez votre revolver à portée de la main : vous aurez peut-être à vous en servir. Je m'assieds à côté du lit. Vous, prenez cette chaise. »

Je sortis mon revolver et le plaçai sur le coin de la table.

Holmes avait apporté un jonc long et mince ; il le posa à côté de lui sur le lit, non loin de la boîte d'allumettes et d'une bougie. Puis il éteignit la lampe et nous sombrâmes dans l'obscurité.

Comment pourrai-je jamais oublier cette terrible veille ? Je n'entendais pas un bruit : même pas le souffle de mon compagnon, dont je savais pourtant qu'il était assis tout près de moi, les yeux grands ouverts, et dévoré par une tension semblable à la mienne. Les persiennes étaient absolument hermétiques ; nous étions plongés dans une nuit totale. Parfois, de l'extérieur, nous parvenait le ululement d'un nocturne ; sous notre fenêtre, nous entendîmes même une sorte de miaulement prolongé : le guépard était vraiment en liberté ! L'horloge de la paroisse voisine, tous les quarts d'heure, tintait lugubrement. Ah ! qu'ils étaient longs, ces quarts d'heure ! Minuit, puis une heure, puis deux heures, puis trois heures sonnèrent : nous n'avions pas bougé de place ; nous étions prêts à tout.

Subitement, du côté de la bouche d'aération, surgit un rayon lumineux qui disparut aussitôt ; immédiatement lui succéda une forte odeur d'huile brûlante et de métal chauffé. Dans la chambre voisine, quelqu'un avait allumé une lanterne sourde. J'entendis un léger bruit qui se déplaçait, puis tout redevint silencieux comme avant ; mais l'odeur se faisait plus forte. Pendant une demi-heure, je restai assis l'oreille tendue. Alors soudain un autre bruit se fit entendre : un son très léger, très doux, quelque chose comme un petit jet de vapeur qui s'échappe d'une bouilloire. Au moment où nous l'entendîmes, Holmes sauta du lit, gratta une allumette, et frappa de son jonc avec fureur le cordon de sonnette.

« Vous le voyez, Watson ? hurla-t-il. Vous le voyez ? »

Mais je ne voyais rien. Lorsque Holmes avait allumé l'allumette, j'avais entendu un sifflement distinct quoique étouffé, mais la lueur brusque m'avait ébloui, et il m'était impossible d'identifier ce qu'il flagellait[1] avec une telle sauvagerie. Je pus apercevoir, toutefois, la pâleur de son visage, bouleversé d'horreur et de dégoût.

Il s'était arrêté de frapper, et il avait les yeux levés vers la bouche d'aération, quand le cri le plus horrifié que j'aie jamais entendu déchira soudain le silence de la nuit. Le cri monta, s'enfla : un hurlement sauvage fait de douleur, de terreur et de colère. Dans le village et même plus loin, on affirma plus tard que ce cri avait fait sauter du lit des gens qui dormaient. Il glaça nos cœurs. Interdit, pétrifié, je regardai Holmes ; et lui, toujours blanc comme un linge, me regarda… Nous écoutâmes les derniers échos décroître et se perdre dans le silence qu'il avait brisé.

« Qu'est-ce que c'est ? bégayai-je alors.

---

1. *Flagellait* : battait.

– Tout est consommé! répondit Holmes. Après tout, peut-être pour le mieux! Prenez votre revolver et entrons chez le docteur Roylott. »

Il avait sur ses traits une implacable gravité quand il alluma la lampe. Deux fois, il frappa à la porte de la chambre sans recevoir de réponse. Ce que voyant, il tourna le loquet et entra ; je le suivis pas à pas, mon revolver armé à la main.

Ce fut un singulier spectacle qui s'offrit à nos yeux. Sur la table, il y avait une lanterne sourde avec le volet à demi ouvert, et elle éclairait le coffre de fer dont la porte était entrebâillée. À côté de la table, sur la chaise de bois, était assis le docteur Grimesby Roylott ; il était vêtu d'une longue robe de chambre grise, sous laquelle dépassaient ses chevilles nues ; il avait aux pieds des babouches rouges. En travers de ses cuisses était posée la longue lanière que nous avions remarquée dans l'après-midi. Son menton pointait en l'air, et son regard s'était horriblement immobilisé sur un angle du plafond. Son front était ceint d'un ruban jaune bizarre, avec des taches brunes, qui paraissait lui serrer très fort la tête. Quand nous entrâmes, il ne bougea ni ne parla.

«Le ruban! Le ruban moucheté!» chuchota Holmes.

J'avançai d'un pas. Au même moment, l'étrange ruban se déplaça, se dressa à la verticale au milieu des cheveux : la tête triangulaire et trapue d'un serpent au cou enflé apparut.

«C'est une vipère de marais! cria Holmes. Le serpent le plus mortel des Indes! Le docteur est mort moins de dix secondes après avoir été mordu... Ah! la violence retombe bien sur le violent! et tel est pris qui croyait prendre... Ramenons cette bête dans son antre ; après quoi nous mettrons Mlle Stoner à l'abri, et nous irons faire notre rapport à la police. »

Tout en parlant, il s'était emparé promptement de la lanière que le vieillard avait sur ses genoux, il passa le nœud autour du cou du reptile, le détacha de sa proie et, à bout de bras, le rejeta dans le coffre-fort qu'il referma soigneusement.

Tels sont les faits réels qui concernent la mort du docteur Grimesby Roylott. Point n'est besoin que je prolonge un récit qui n'a déjà que trop duré en contant comment nous apportâmes les nouvelles à la jeune fille épouvantée, comment nous l'accompagnâmes dès le matin chez sa tante de Harrow, ni comment l'enquête de police conclut que le docteur avait été victime de son imprudence en jouant avec l'un de ses favoris. Le peu que j'avais encore à apprendre de l'affaire me fut narré par Sherlock Holmes, pendant notre voyage de retour.

« J'en étais arrivé, m'expliqua-t-il, à une conclusion entièrement erronée. Ce qui montre, mon cher Watson, combien il est périlleux de raisonner à partir de prémisses incomplètes. La présence des romanichels, et le mot "ruban" dont se servit la pauvre Julie pour tenter de donner une définition de ce qu'elle avait pu apercevoir à la lueur de son allumette, me mirent sur une piste ridiculement fausse. Mon seul mérite est d'avoir instantanément révisé mon jugement lorsque je fus convaincu que le danger qui menaçait l'occupante de la chambre ne pouvait venir de l'extérieur, ni par la fenêtre ni par la porte. Cette bouche d'aération, et ce cordon de sonnette qui pendait juste au-dessus du lit, avaient rapidement éveillé mon attention. Quand je me rendis compte que c'était un faux cordon de sonnette et que le lit était chevillé au plancher, le soupçon me vint aussitôt que le cordon servait de passerelle à quelque chose se faufilant à travers la bouche d'aération et arrivant jusqu'au lit. Je pensai à un serpent, naturellement, et lorsque je reliai cette hypothèse avec le fait que le docteur avait un assortiment d'animaux des Indes, je me crus sur la bonne voie. Seul un homme impitoyable et intelligent qui était allé en Orient pouvait avoir eu l'idée d'utiliser une sorte de poison que la chimie est impossible à déceler. L'effet foudroyant d'un tel poison était également un avantage ! Il aurait fallu que le coroner eût de bons yeux pour apercevoir les deux petites taches noires qui lui auraient indiqué l'endroit où les crochets empoisonnés avaient fait leur œuvre. Puis je réfléchis au sifflement. Évidemment, le docteur devait rappeler le serpent avant que la lumière du jour ne pût le révéler à sa victime. Il l'avait dressé, sans doute grâce au lait que nous avons vu sur le coffre-fort, à revenir dès qu'il le sifflait. Il le faisait passer par la bouche d'aération à l'heure qu'il jugeait la meilleure, et il était bien sûr que le serpent ramperait le long de la corde et atterrirait sur le lit. La question était de savoir s'il mordrait ou ne mordrait pas la dormeuse. Peut-être a-t-elle échappé pendant toute une semaine à son destin, mais tôt ou tard elle devait succomber.

« J'avais abouti à ces conclusions avant d'entrer dans la chambre du docteur. L'inspection de sa chaise me prouva qu'il avait l'habitude de grimper sur ce siège, ce qui lui était indispensable pour atteindre la bouche d'aération. Le coffre-fort, le bol de lait, la lanière et son nœud coulant suffirent à ôter tous les doutes qui auraient pu subsister dans mon esprit. Le bruit métallique entendu par Mlle Stoner fut produit sans nul doute par la porte du coffre-fort que le docteur refermait en hâte sur son terrible locataire. Ayant tout deviné, je pris les dispositions que vous m'avez vu prendre afin d'avoir la preuve de ce que je supposais. J'entendis le bruissement de la bête qui glissait le long du cordon ; vous avez dû l'entendre aussi ; aussitôt j'ai frotté une allumette et je suis passé à l'attaque.

– Avec, pour résultat, sa retraite à travers la bouche d'aération ?

– Et comme deuxième résultat, celui de l'avoir fait se retourner contre son maître. Quelques-uns de mes coups de canne ont dû l'atteindre, le rendre furieux, et, comme tout serpent furieux, il a attaqué la première personne qu'il a vue. Si vous voulez, je m'avoue responsable, indirectement, du décès du docteur Grimesby Roylott ; mais c'est une responsabilité qui ne pèse pas lourd sur ma conscience ! »

DOSSIER

- **Êtes-vous un détective attentif ?**
- **Portraits chinois**
- **Êtes-vous un détective efficace ?**
- **Perte d'identité**
- **D'une date à l'autre**
- **L'habit fait le moine**
- **Élémentaire, mon cher Watson !**
- **Sur les traces de Sherlock Holmes**
- **De Dupin à Sherlock Holmes**

Êtes-vous un détective attentif ?

Répondez sans vous reporter au texte.

Un scandale en Bohême

1. Watson rend visite à Sherlock Holmes :
- A. le 20 mars 1888
- B. le 20 mars 1889
- C. le 20 avril 1888

2. Watson est :
- A. médecin militaire
- B. médecin dans un hôpital
- C. médecin indépendant

3. Combien de marches mènent à l'appartement de Sherlock Holmes ?
- A. dix-sept
- B. vingt-sept
- C. seize

4. Depuis son mariage, Watson a pris approximativement :
- A. trois kilogrammes
- B. quatre kilogrammes
- C. trois kilogrammes cinq cents

5. La Bohême est une région de :
- A. l'actuelle Allemagne
- B. l'actuelle Russie
- C. l'actuelle République tchèque

6. Le roi de Bohême a pour prénom :
- A. Wilhelm
- B. Ludwig
- C. Gustav

7. Les lettres G^t qui apparaissent en filigrane sur le papier de la lettre envoyée par le roi de Bohême à Sherlock Holmes sont :
- A. les initiales du nom du fabricant de papier
- B. l'abréviation d'un mot allemand signifiant « Compagnie »
- C. les premières lettres du nom de la ville où est fabriqué le papier

8. Irène Adler a été :
- A. actrice de cinéma
- B. chanteuse d'opéra
- C. comédienne de théâtre

9. Pour obtenir des renseignements sur Irène Adler auprès de ses domestiques, Sherlock Holmes se déguise en :
- A. valet de chambre à la recherche d'un emploi
- B. garçon d'écurie
- C. clergyman

10. Pour remercier Sherlock Holmes, le roi de Bohême veut lui faire présent :
- A. d'une bourse de pièces d'or
- B. d'une aigue-marine
- C. d'une émeraude montée en bague

11. Sherlock Holmes éprouve pour le roi de Bohême :
- A. de l'admiration
- B. du mépris
- C. du respect

12. Sherlock Holmes appelle Irène Adler « LA femme » parce que :
- A. il est amoureux d'elle
- B. elle a su déjouer ses plans
- C. elle est très belle

La Ligue des Rouquins

1. Jabez Wilson est :
- A. corpulent, rougeaud et bien vêtu
- B. corpulent, pâle et mal vêtu
- C. corpulent, rougeaud et mal vêtu

2. L'action se passe :

   A. en hiver
   B. en automne
   C. au printemps

3. Jabez Wilson :

   A. prise le tabac
   B. fume la pipe
   C. fume des cigares

4. Le premier métier de Jabez Wilson était :

   A. cuisinier à bord d'un bateau
   B. charpentier à bord d'un bateau
   C. marin

5. Jabez Wilson habite :

   A. un quartier de la banlieue de Londres
   B. la City, le quartier des affaires de Londres
   C. un quartier misérable près de la City

6. Sherlock Holmes et Watson jugent Jabez Wilson :

   A. sympathique
   B. un peu ridicule
   C. intelligent

7. Sherlock Holmes est mélomane. Il a un goût particulier pour :

   A. le piano
   B. le violoncelle
   C. le violon

8. L'emploi offert par la Ligue des Rouquins consiste à recopier :

   A. un dictionnaire en dix volumes
   B. l'Encyclopédie britannique
   C. l'annuaire londonien

9. La véritable identité de Vincent Spaulding est :

   A. John Clay
   B. Ross Duncan
   C. Peter Jones

10. M. Merryweather regrette de ne pouvoir jouer :
   A. aux échecs
   B. au tarot
   C. au bridge

11. La cave de la banque de M. Merryweather contient :
   A. trois cent mille livres sterling
   B. trente mille napoléons
   C. trente mille louis d'or

12. Les deux voleurs sont passés à l'action :
   A. un vendredi
   B. un samedi
   C. un dimanche

Le Ruban moucheté

1. Hélène Stoner rend visite à Sherlock Holmes :
   A. en mars 1883
   B. en avril 1883
   C. en mai 1883

2. Hélène Stoner a entendu parler de Sherlock Holmes grâce à Mme Farintosh. L'affaire Farintosh concernait :
   A. une rivière de diamants
   B. un diadème avec des diamants
   C. un diadème avec des opales

3. Hélène Stoner habite la campagne anglaise :
   A. dans le Surrey
   B. dans le Devon
   C. en Cornouailles

4. Le père de Julie et Hélène Stoner était :
   A. militaire dans la marine aux Indes
   B. militaire dans l'artillerie aux Indes
   C. médecin militaire aux Indes

5. La mère de Julie et Hélène Stoner est morte :
   A. empoisonnée par le docteur Roylott
   B. de maladie aux Indes
   C. dans un accident de chemin de fer

6. Le docteur Roylott laisse en liberté dans son domaine :
   A. un guépard et un babouin
   B. une panthère et un babouin
   C. une panthère et un orang-outang

7. La chambre d'Hélène Stoner se trouve :
   A. au premier étage dans une aile du manoir
   B. au rez-de-chaussée dans la partie centrale du manoir
   C. au rez-de-chaussée dans une aile du manoir

8. Le serpent que possède le docteur Roylott est :
   A. un serpent python
   B. une vipère de marais
   C. un serpent à lunettes

9. Julie Stoner avait entendu avant de mourir un sifflement. Ce sifflement était :
   A. le sifflement du serpent
   B. le sifflement du docteur Roylott
   C. le sifflement du vent dans les persiennes de sa chambre

10. Avant de mourir, Julie Stoner a prononcé quelques mots mystérieux : « Le ruban ! Le ruban moucheté ! » Le ruban moucheté désigne :
   A. un foulard, donné par les Bohémiens, que porte le docteur Roylott
   B. le faux cordon de sonnette
   C. le serpent

Portraits chinois

1. Rougeaud, hirsute, il a de gros favoris et ses vêtements sont minables.

Qui est-ce ? ....

2. D'un certain âge, d'une forte corpulence, rougeaud, les yeux cernés de graisse, il porte un pantalon à carreaux, un gilet d'un brun douteux.

Qui est-ce ? ....

3. Âgé de moins de trente ans, fortement charpenté, très vif, chauve, il a sur le front une tache blanche due à une brûlure d'acide.

Qui est-ce ? ....

4. Très grand, il a des yeux enfoncés, bilieux, un nez décharné, haut et effilé, qui lui donne l'air d'un vieil oiseau de proie. Son visage gras est barré de mille rides et brûlé par le soleil.

Qui est-ce ? ....

5. Très grand, doté de membres herculéens, il porte un manteau bleu foncé, doublé de soie. Il a des lèvres épaisses et tombantes, et un long manteau droit.

Qui est-ce ? ....

Êtes-vous un détective efficace ?

1. Dans *Un scandale en Bohême*, l'action dure :
   A. un jour
   B. un jour et demi
   C. quelques jours

2. Dans *La Ligue des Rouquins*, l'action dure :
   A. du samedi matin au lundi matin
   B. du samedi matin au samedi soir
   C. du samedi matin au dimanche soir

3. Dans *Le Ruban moucheté*, l'action dure :
   A. un jour
   B. deux jours
   C. trois jours

Perte d'identité

Avez-vous une bonne mémoire des noms ? Reconstituez les noms complets de certains des personnages des nouvelles de Conan Doyle. Pour chacun d'eux, dites dans quel récit vous l'avez rencontré.

1. EEERRIDANL

....

2. SELIJBOZNAW

....

3. NESHENOLERET

....

4. NIDSAVUNCEDITLNP

....

5. LNOJYCAH

....

6. TELIMORYGOBTRESY

....

D'une date à l'autre

Un scandale en Bohême, La Ligue des Rouquins, Le Ruban moucheté, tel est l'ordre dans lequel Conan Doyle a publié les aventures de Sherlock Holmes. Mais la chronologie de leur publication ne coïncide pas avec la chronologie de la « vie » de Sherlock Holmes et de Watson. Dans *Le Ruban moucheté*, Sherlock Holmes fait allusion à l'affaire Farintosh. Classez ces quatre aventures dans l'ordre où le détective les a « vécues ».

1. ....

2. ....
3. ....
4. ....

L'habit fait le moine

1. Il porte un chapeau haut-de-forme effiloché et un manteau jadis marron. Une pièce de monnaie est pendue à la chaîne de sa montre.

Qui est-ce ? ....

2. Il porte une cravate, un ample pantalon, une cravate blanche.

Qui est-ce ? ....

3. Il porte un chapeau haut-de-forme pourvu d'une bosse et son soulier gauche est égratigné en six endroits.

Qui est-ce ? ....

4. Il porte un chapeau à larges bords et des demi-bottes dont le haut est garni d'une épaisse fourrure.

Qui est-ce ? ....

5. Il porte un haut-de-forme noir, une longue redingote, des guêtres hautes. Il a à la main un stick de chasse.

Qui est-ce ? ....

Élémentaire, mon cher Watson !

Sherlock Holmes est très observateur et perspicace. Retrouvez les indices qui lui ont permis de faire les déductions suivantes.

1. Jabez Wilson a pratiqué le travail manuel.

....
....

2. Jabez Wilson a beaucoup écrit les semaines qui ont précédé sa venue chez Sherlock Holmes.

....
....

3. Hélène Stoner a fait, assise à la gauche du cocher, un long voyage en cabriolet juste avant d'arriver à Baker Street.

....
....

4. Le docteur Watson, dans *Un scandale en Bohême*, vient de reprendre l'exercice de la médecine.

....
....

5. Le docteur Watson, dans *Un scandale en Bohême*, est sorti par mauvais temps et a une domestique peu soigneuse.

....
....

Sur les traces de Sherlock Holmes

D'autres détectives sont aussi célèbres que Sherlock Holmes. Identifiez-les grâce à ces descriptions.

1. C'est un très jeune journaliste (dix-huit ans !). Toujours de bonne humeur, il a deux grands yeux ronds et une tête en forme de boulet.

Qui est-ce ? ....

2. C'est un petit détective belge, à la tête en forme d'œuf, qui prend un soin maniaque de sa moustache. Pour résoudre les enquêtes qui lui sont soumises, il se sert de ses « petites cellules grises ».

Qui est-ce ? ....

3. Héros de bande dessinée, il va aux quatre coins du monde, toujours accompagné de son fidèle chien.

Qui est-ce ? ....

4. Héros d'une série télévisée, toujours vêtu d'un long imperméable, cet inspecteur de police aime à répéter : « Ma femme me dit souvent... »

Qui est-ce ? ....

5. C'est une charmante vieille dame qui vit dans un village de la campagne anglaise. Douce et inoffensive, elle aime beaucoup tricoter, mais elle est très observatrice et perspicace.

Qui est-ce ? ....

Loupe et cellules grises

Au début d'*Un scandale en Bohême*, le docteur Watson dit de Sherlock Holmes qu'il est « la machine à observer et à raisonner la plus parfaite qui ait existé sur la planète ».

Classez les verbes suivants selon qu'ils relèvent de l'observation ou du raisonnement.

déduire – observer – conclure – prouver – sentir – constater – inspecter – juger – faire une hypothèse – examiner – scruter – supposer – analyser – remarquer

Observation :
....
....
....

Raisonnement :
....
....
....

Le jeu des monnaies

Guinée, couronne, souverain, livre : voici des monnaies anglaises que vous avez rencontrées au fil des nouvelles de Conan Doyle.

Reliez chaque monnaie à son pays.

Lire • • Espagne
Escudo • • Tunisie
Peseta • • Russie
Dollar • • Pays-Bas
Mark • • États-Unis
Yen • • Mexique
Peso • • Pologne
Dinar • • Allemagne
Rouble • • Portugal
Zloty • • Japon
Florin • • Italie

La grille mystérieuse

Tous les mots de la liste suivante figurent dans la grille mystérieuse. À vous de les retrouver, en sachant qu'ils peuvent être écrits horizontalement, verticalement, en diagonale, à l'endroit ou à l'envers.

AGATHA CHRISTIE	FILATURE	PREUVE
ARME	HOLMES	ROULETABILLE
ARRÊTER	HYPOTHÈSES	SOUPÇONS
ARSÈNE LUPIN	INDICE	SUSPECT
ASSASSIN	LOUPE	SUSPENS
AVEU	MAIGRET	TÉMOIN
COUPABLE	MEURTRIER	TINTIN
CRIME	MOBILE	TUER
DOYLE	MYSTÈRE	VÉRITÉ
DUPIN	PISTE	VOL
ÉLUCIDER	POE	YARD (SCOTLAND)
ENQUÊTE	POIROT	PREUVE

Quand vous aurez entouré tous les mots, cinq lettres resteront inutilisées. À vous de les assembler pour former le prénom d'un personnage que vous avez rencontré dans une des nouvelles de Conan Doyle.

1. Quel est ce personnage ?
2. Dans quel récit est-il présent ?

De Dupin à Sherlock Holmes

Dans cet extrait de *La Lettre volée* (1844) d'Edgar Poe, le chevalier Dupin raconte à un ami comment il a su retrouver chez le ministre D..., qui l'avait dérobée, une lettre de la plus haute importance pour une dame. Jusqu'alors la police avait échoué, bien qu'elle eût consciencieusement et à plusieurs reprises fouillé l'appartement du ministre D...

« Je donnai une attention spéciale à un vaste bureau auprès duquel il était assis, et sur lequel gisaient pêle-mêle des lettres diverses et d'autres papiers, avec un ou deux instruments de musique et quelques livres. Après un long examen, fait à loisir, je n'y vis rien qui pût exciter particulièrement mes soupçons.

« À la longue, mes yeux, en faisant le tour de la chambre, tombèrent sur un misérable porte-cartes, orné de clinquant, et suspendu par un ruban bleu crasseux à un petit bouton de cuivre au-dessus du manteau de la cheminée. Ce porte-cartes, qui avait trois ou quatre compartiments, contenait cinq ou six cartes de visite et une lettre unique. Cette dernière était fortement salie et chiffonnée. Elle était presque déchirée en deux, par le milieu, comme si on avait d'abord eu l'intention de la déchirer entièrement, ainsi qu'on fait d'un objet sans valeur ; mais on avait vraisemblablement changé d'idée. Elle portait un large sceau noir avec le chiffre de D... très en évidence, et était adressée au ministre lui-même. La suscription[1] était d'une écriture de femme très fine. On l'avait jetée négligemment, et même, à ce qu'il semblait, assez dédaigneusement dans l'un des compartiments supérieurs du porte-cartes.

« À peine eus-je jeté un coup d'œil sur cette lettre que je conclus que c'était celle dont j'étais en quête. Évidemment, elle était, par son aspect, absolument différente de celle dont le préfet nous avait lu une description si minutieuse. Ici, le sceau était large et noir, avec le chiffre

---

1. *Suscription* : adresse.

de D… ; dans l'autre, il était petit et rouge, avec les armes ducales de la famille S… Ici, la suscription était d'une écriture menue et féminine ; dans l'autre, l'adresse, portant le nom d'une personne royale, était d'une écriture hardie, décidée et caractérisée ; les deux lettres ne se ressemblaient qu'en un point, la dimension. Mais le caractère excessif de ces différences, fondamentales en somme, la saleté, l'état déplorable du papier, fripé et déchiré, qui contredisaient les véritables habitudes de D…, si méthodique, et qui dénonçaient l'intention de dérouter un indiscret en lui offrant toutes les apparences d'un document sans valeur, tout cela, en y ajoutant la situation impudente du document mis en plein sous les yeux de tous les visiteurs et concordant ainsi exactement avec toutes mes conclusions antérieures, tout cela, dis-je, était fait pour corroborer décidément les soupçons de quelqu'un venu avec le parti pris du soupçon.

« Je prolongeai ma visite aussi longtemps que possible, et, tout en soutenant une discussion très vive avec le ministre sur un point que je savais être pour lui d'un intérêt toujours nouveau, je gardais invariablement mon attention braquée sur la lettre. Tout en faisant cet examen, je réfléchissais sur son aspect extérieur et sur la manière dont elle était arrangée dans le porte-cartes, et à la longue je tombai sur une découverte qui mit à néant le léger doute qui pouvait me rester encore. En analysant les bords du papier, je remarquai qu'ils étaient plus éraillés que *nature*. Ils présentaient l'aspect cassé d'un papier dur, qui, ayant été plié et foulé par le couteau à papier, a été replié dans le sens inverse, mais dans les mêmes plis qui constituaient sa forme première. Cette découverte me suffisait. Il était clair pour moi que la lettre avait été retournée comme un gant, repliée et recachetée. Je souhaitai le bonjour au ministre, et je pris soudainement congé de lui, en oubliant une tabatière en or sur son bureau.

« Le matin suivant, je vins pour chercher ma tabatière, et nous reprîmes très vivement la conversation de la veille. Mais, pendant que la discussion s'engageait, une détonation très forte, comme un coup de pistolet, se fit entendre sous les fenêtres de l'hôtel, et fut suivie des cris et des vociférations d'une foule épouvantée. D… se précipita vers une fenêtre, l'ouvrit, et regarda dans la rue. En même temps, j'allai droit au porte-cartes, je pris la lettre, je la mis dans ma poche, et je la remplaçai par une autre, une espèce de fac-similé (quant à l'extérieur), que j'avais soigneusement préparé chez moi, en contrefaisant le chiffre de D… à l'aide d'un sceau de mie de pain.

« Le tumulte de la rue avait été causé par le caprice insensé d'un homme armé d'un fusil. Il avait déchargé son arme au milieu d'une foule de femmes et d'enfants. Mais comme elle n'était pas chargée à balles, on prit ce drôle pour un lunatique ou un ivrogne, et on lui permit de continuer son chemin. Quand il fut parti, D… se retira de la fenêtre, où je l'avais suivi immédiatement après m'être assuré de la précieuse lettre. Peu d'instants après je lui dis adieu. Le prétendu fou était un homme payé par moi [1]. »

1. À quelle nouvelle de Conan Doyle, qui était un grand lecteur d'Edgar Poe, vous fait penser cet extrait de *La Lettre volée* ?

....
....

2. Quels points communs voyez-vous entre l'attitude face à une énigme de Dupin et celle de Sherlock Holmes ?

a. ....
b. ....
c. ....

---

[1]. Edgar Poe, *La Lettre volée*, in *Double Assassinat dans la rue Morgue. La Lettre volée*, Flammarion, Étonnants Classiques n° 45, 2006, p. 92-94.

Notes et citations

Notes et citations

Notes et citations

Notes et citations

Notes et citations

Notes et citations

Notes et citations

Notes et citations

Notes et citations

Les classiques et les contemporains
dans la même collection

ALAIN-FOURNIER
  Le Grand Meaulnes

ANDERSEN
  La Petite Fille et les allumettes
  et autres contes

ANOUILH
  La Grotte

APULÉE
  Amour et Psyché

ASIMOV
  Le Club des Veufs noirs

AUCASSIN ET NICOLETTE

BALZAC
  Le Bal de Sceaux
  Le Chef-d'œuvre inconnu
  Le Colonel Chabert
  Ferragus
  Le Père Goriot
  La Vendetta

BARBEY D'AUREVILLY
  Les Diaboliques – Le Rideau cramoisi,
  Le Bonheur dans le crime

BARRIE
  Peter Pan

BAUDELAIRE
  Les Fleurs du mal – *Nouvelle édition*

BAUM (L. FRANK)
  Le Magicien d'Oz

BEAUMARCHAIS
  Le Mariage de Figaro

BELLAY (DU)
  Les Regrets

LA BELLE ET LA BÊTE ET AUTRES CONTES

BERBEROVA
  L'Accompagnatrice

BERNARDIN DE SAINT-PIERRE
  Paul et Virginie

LA BIBLE
  Histoire d'Abraham
  Histoire de Moïse

BOVE
  Le Crime d'une nuit. Le Retour de l'enfant

BRADBURY
  L'Homme brûlant et autres nouvelles

CARRIÈRE (JEAN-CLAUDE)
  La Controverse de Valladolid

CARROLL
  Alice au pays des merveilles

CERVANTÈS
  Don Quichotte

CHAMISSO
  L'Étrange Histoire de Peter Schlemihl

LA CHANSON DE ROLAND

CATHRINE (ARNAUD)
  Les Yeux secs

CHATEAUBRIAND
  Mémoires d'outre-tombe

CHEDID (ANDRÉE)
  L'Enfant des manèges et autres nouvelles
  Le Message
  Le Sixième Jour

CHRÉTIEN DE TROYES
  Lancelot ou le Chevalier de la charrette
  Perceval ou le Conte du graal
  Yvain ou le Chevalier au lion

CLAUDEL (PHILIPPE)
  Les Confidents et autres nouvelles

COLETTE
  Le Blé en herbe

COLIN (FABRICE)
  Projet oXatan

COLLODI
  Pinocchio

CORNEILLE
  Le Cid – *Nouvelle édition*

DAUDET
  Aventures prodigieuses de Tartarin
  de Tarascon
  Lettres de mon moulin

DEFOE
  Robinson Crusoé

DIDEROT
  Entretien d'un père avec ses enfants

Jacques le Fataliste
Le Neveu de Rameau
Supplément au Voyage de Bougainville

DOYLE
Trois Aventures de Sherlock Holmes

DUMAS
Le Comte de Monte-Cristo
Pauline
Robin des Bois
Les Trois Mousquetaires, t. 1 et 2

FABLIAUX DU MOYEN ÂGE
LA FARCE DE MAÎTRE PATHELIN
LA FARCE DU CUVIER ET AUTRES FARCES DU MOYEN ÂGE

FENWICK (JEAN-NOËL)
Les Palmes de M. Schutz

FERNEY (ALICE)
Grâce et Dénuement

FEYDEAU
Un fil à la patte

FEYDEAU-LABICHE
Deux courtes pièces autour du mariage

FLAUBERT
La Légende de saint Julien l'Hospitalier
Un cœur simple

GARCIN (CHRISTIAN)
Vies volées

GAUTIER
Le Capitaine Fracasse
La Morte amoureuse. La Cafetière et autres nouvelles

GOGOL
Le Nez. Le Manteau

GRAFFIGNY (MME DE)
Lettres d'une péruvienne

GRIMM
Le Petit Chaperon rouge et autres contes

GRUMBERG (JEAN-CLAUDE)
L'Atelier
Zone libre

HIGGINS (COLIN)
Harold et Maude – *Adaptation de Jean-Claude Carrière*

HOBB (ROBIN)
Retour au pays

HOFFMANN
L'Enfant étranger
L'Homme au Sable
Le Violon de Crémone. Les Mines de Falun

HOLDER (ÉRIC)
Mademoiselle Chambon

HOMÈRE
Les Aventures extraordinaires d'Ulysse
L'Iliade
L'Odyssée

HUGO
Claude Gueux
L'Intervention *suivie de* La Grand'mère
Le Dernier Jour d'un condamné
Les Misérables – *Nouvelle édition*
Notre-Dame de Paris
Quatrevingt-treize
Le roi s'amuse
Ruy Blas

JAMES
Le Tour d'écrou

JARRY
Ubu Roi

JONQUET (THIERRY)
La Vigie

KAFKA
La Métamorphose

KAPUŚCIŃSKI
Autoportrait d'un reporter

KRESSMANN TAYLOR
Inconnu à cette adresse

LABICHE
Un chapeau de paille d'Italie

LA BRUYÈRE
Les Caractères

LEBLANC
L'Aiguille creuse

LONDON (JACK)
L'Appel de la forêt

MME DE LAFAYETTE
La Princesse de Clèves

LA FONTAINE
Le Corbeau et le Renard et autres fables
– *Nouvelle édition des* Fables, *collège*
Fables, *lycée*

LANGELAAN (GEORGE)
La Mouche. Temps mort

LAROUI (FOUAD)
L'Oued et le Consul et autres nouvelles

LE FANU (SHERIDAN)
Carmilla

LEROUX
  Le Mystère de la Chambre Jaune
  Le Parfum de la dame en noir

LOTI
  Le Roman d'un enfant

MARIVAUX
  La Double Inconstance
  L'Île des esclaves
  Le Jeu de l'amour et du hasard

MATHESON (RICHARD)
  Au bord du précipice et autres nouvelles
  Enfer sur mesure et autres nouvelles

MAUPASSANT
  Bel-Ami
  Boule de suif
  Le Horla et autres contes fantastiques
  Le Papa de Simon et autres nouvelles
  La Parure et autres scènes de la vie parisienne
  Toine et autres contes normands
  Une partie de campagne et autres nouvelles au bord de l'eau

MÉRIMÉE
  Carmen
  Mateo Falcone. Tamango
  La Vénus d'Ille – *Nouvelle édition*

MIANO (LÉONORA)
  Afropean Soul et autres nouvelles

LES MILLE ET UNE NUITS
  Ali Baba et les quarante voleurs
  Le Pêcheur et le Génie. Histoire de Ganem
  Sindbad le marin

MOLIÈRE
  L'Amour médecin. Le Sicilien ou l'Amour peintre
  L'Avare – *Nouvelle édition*
  Le Bourgeois gentilhomme – *Nouvelle édition*
  Dom Juan
  L'École des femmes
  Les Femmes savantes
  Les Fourberies de Scapin – *Nouvelle édition*
  George Dandin
  Le Malade imaginaire – *Nouvelle édition*
  Le Médecin malgré lui
  Le Médecin volant. La Jalousie du Barbouillé
  Le Misanthrope
  Les Précieuses ridicules
  Le Tartuffe

MONTAIGNE
  Essais

MONTESQUIEU
  Lettres persanes

MUSSET
  Il faut qu'une porte soit ouverte ou fermée. Un caprice
  On ne badine pas avec l'amour

OVIDE
  Les Métamorphoses

PASCAL
  Pensées

PERRAULT
  Contes – *Nouvelle édition*

PIRANDELLO
  Donna Mimma et autres nouvelles
  Six Personnages en quête d'auteur

POE
  Le Chat noir et autres contes fantastiques
  Double Assassinat dans la rue Morgue. La Lettre volée

POUCHKINE
  La Dame de pique et autres nouvelles

PRÉVOST
  Manon Lescaut

PROUST
  Combray

RABELAIS
  Gargantua
  Pantagruel

RACINE
  Phèdre
  Andromaque

RADIGUET
  Le Diable au corps

RÉCITS DE VOYAGE
  Le Nouveau Monde (Jean de Léry)
  Les Merveilles de l'Orient (Marco Polo)

RENARD
  Poil de Carotte

RIMBAUD
  Poésies

ROBERT DE BORON
  Merlin

ROMAINS
  L'Enfant de bonne volonté

LE ROMAN DE RENART – *Nouvelle édition*

ROSTAND
　Cyrano de Bergerac

ROUSSEAU
　Les Confessions

SALM (CONSTANCE DE)
　Vingt-quatre heures d'une femme sensible

SAND
　Les Ailes de courage
　Le Géant Yéous

SAUMONT (ANNIE)
　Aldo, mon ami et autres nouvelles
　La guerre est déclarée et autres nouvelles

SCHNITZLER
　Mademoiselle Else

SÉVIGNÉ (MME DE)
　Lettres

SHAKESPEARE
　Macbeth
　Roméo et Juliette

SHELLEY (MARY)
　Frankenstein

STENDHAL
　L'Abbesse de Castro
　Vanina Vanini. Le Coffre et le Revenant

STEVENSON
　Le Cas étrange du Dr Jekyll et de M. Hyde
　L'Île au trésor

STOKER
　Dracula

SWIFT
　Voyage à Lilliput

TCHÉKHOV
　La Mouette
　Une demande en mariage et autres pièces en un acte

TITE-LIVE
　La Fondation de Rome

TOURGUÉNIEV
　Premier Amour

TRISTAN ET ISEUT

TROYAT (HENRI)
　Aliocha

VALLÈS
　L'Enfant

VERLAINE
　Fêtes galantes, Romances sans paroles *précédé de* Poèmes saturniens

VERNE
　Le Tour du monde en 80 jours
　Un hivernage dans les glaces

VILLIERS DE L'ISLE-ADAM
　Véra et autres nouvelles fantastiques

VIRGILE
　L'Énéide

VOLTAIRE
　Candide – *Nouvelle édition*
　L'Ingénu
　Jeannot et Colin. Le monde comme il va
　Micromégas
　Zadig – *Nouvelle édition*

WESTLAKE (DONALD)
　Le Couperet

WILDE
　Le Fantôme de Canterville et autres nouvelles

ZOLA
　Comment on meurt
　Germinal
　Jacques Damour
　Thérèse Raquin

ZWEIG
　Le Joueur d'échecs

Les anthologies dans la même collection

AU NOM DE LA LIBERTÉ
   Poèmes de la Résistance
L'AUTOBIOGRAPHIE
BAROQUE ET CLASSICISME
LA BIOGRAPHIE
BROUILLONS D'ÉCRIVAINS
   Du manuscrit à l'œuvre
« C'EST À CE PRIX QUE VOUS MANGEZ DU SUCRE... » Les discours sur l'esclavage d'Aristote à Césaire
CETTE PART DE RÊVE QUE CHACUN PORTE EN SOI
CEUX DE VERDUN
   Les écrivains et la Grande Guerre
LES CHEVALIERS DU MOYEN ÂGE
CONTES DE SORCIÈRES
CONTES DE VAMPIRES
LE CRIME N'EST JAMAIS PARFAIT
   Nouvelles policières 1
DE L'ÉDUCATION
   Apprendre et transmettre de Rabelais à Pennac
LE DÉTOUR
FAIRE VOIR : QUOI, COMMENT, POUR QUOI ?
FÉES, OGRES ET LUTINS
   Contes merveilleux 2
LA FÊTE
GÉNÉRATION(S)
LES GRANDES HEURES DE ROME
L'HUMANISME ET LA RENAISSANCE
IL ÉTAIT UNE FOIS
   Contes merveilleux 1
LES LUMIÈRES
LES MÉTAMORPHOSES D'ULYSSE
   Réécritures de L'Odyssée
MONSTRES ET CHIMÈRES
MYTHES ET DIEUX DE L'OLYMPE
NOIRE SÉRIE...
   Nouvelles policières 2
NOUVELLES DE FANTASY 1

NOUVELLES FANTASTIQUES 1
   Comment Wang-Fô fut sauvé et autres récits
NOUVELLES FANTASTIQUES 2
   Je suis d'ailleurs et autres récits
ON N'EST PAS SÉRIEUX QUAND ON A QUINZE ANS Adolescence et littérature
PAROLES DE LA SHOAH
PAROLES, ÉCHANGES, CONVERSATIONS ET RÉVOLUTION NUMÉRIQUE
LA PEINE DE MORT
   De Voltaire à Badinter
POÈMES DE LA RENAISSANCE
POÉSIE ET LYRISME
LE PORTRAIT
RACONTER, SÉDUIRE, CONVAINCRE
   Lettres des XVIIe et XVIIIe siècles
RÉALISME ET NATURALISME
RÉCITS POUR AUJOURD'HUI
   17 fables et apologues contemporains
RIRE : POUR QUOI FAIRE ?
RISQUE ET PROGRÈS
ROBINSONNADES
   De Defoe à Tournier
LE ROMANTISME
SCÈNES DE LA VIE CONJUGALE
   Le couple au théâtre, de Shakespeare à Yasmina Reza
LE SURRÉALISME
LA TÉLÉ NOUS REND FOUS !
LES TEXTES FONDATEURS
TROIS CONTES PHILOSOPHIQUES
   Diderot, Saint-Lambert, Voltaire
TROIS NOUVELLES NATURALISTES
   Huysmans, Maupassant, Zola
VIVRE AU TEMPS DES ROMAINS
VOYAGES EN BOHÈME
   Baudelaire, Rimbaud, Verlaine

Création maquette intérieure :
Sarbacane Design.

Composition : IGS-CP.
N° d'édition : L.01EHRNFG2286.C005
Dépôt légal : décembre 2006

Achevé d'imprimer en Italie
par Grafica Veneta S.p.A.